KB178720

이제는 눈물을 지우고
즐겁게 웃으며 살아보자

7전8기 인생86 비하인드 스토리

이제는 눈물을 지우고 즐겁게 웃으며 살아보자

시와 에세이 제5집

월산 구연민

A Rolling storn gathers no moss

좋은땅

저자의 말

일제 강점기에 10남매 막내로 태어나 늙으신 부모님 고생 많이 하시게 하고, 성장하여 세상에서 흔하게 볼 수 있는 부모 섬김도 해 보지 못하고 돌아가시는 날까지 어설픈 막내로 살다 보니 우선 후회가 막급합니다.

아버지 어머니 그리고 10남매 중 나 하나만 남겨두고 모두가 돌고 돌아서 돌아가시고 86세의 나이로 지나온 세월을 상기하면서 오늘을 맞이합니다.

부모님 뜻을 거역하고 글 배우겠다고 어린 마음으로 객지에서 고학을 자청하고 사회의 밑바닥부터 배우기 시작하여 쉽게 오를 수 있는 높은 건물을 걸어서 오르는 것처럼 곧은길을 꼬불꼬불 돌고 돌아 이 구석 저 구석 온통 찾아 좋은 먹잇감을 찾아보고 돈이 되는 일거리가 있는가 보면서 밑바닥부터 저인망으로 고기 잡듯 하여 큰 고기도 작은 새우도 잡을 수 있었습니다.

그러다 보니 높은 곳에서도 일해 보고 많은 돈을 만져 보기도 하였지만 내 주머니에 챙겨 넣을 생각을 안 했으니 이에 정비례하여 건강하게 살고 있습니다. 결국은 돈보다는 가능한 한 덕을 쌓고 긴 행복을 위하여 산다는 것이 삶의 보람이라 생각하며 나보다는 이웃을 먼저 생각하고 살아왔지요.

모든 것을 다 내려놓고 차근차근 돌아갈 준비를 하면서 이 글을 정리합니다.

살아온 날 중에 딱 한 번 대성통곡을 하였고 소리 없는 눈물을 많이 참아 왔지만, 이제는 모든 것을 다 지우고 즐겁게 웃으며 살아 보려는 마지막 희망 사항입니다.

2023년 10월 25일
월산 구연민

차례

제1장

숨겨진 선택

불우한 영혼들에게

눈부신 희망의 빛과 용기처럼

형벌 같은, 참척(慘慽)의 아픔 같은

영혼의 번뇌(煩惱)

인간의 틈새를 떠나 고적(孤寂)이 가득한

우거진 삼림 중에 독방을 마련하는

마지막 선택

설익은 교만(驕慢)이 죽음을 자초하듯

춘광이 익기도 전에 만개한 목련화

녹슬어가는 강철처럼 영혼이 녹슬어 가는 인생

안타까워 몸부림치며 책가방 바랑 삼아 별이

되고자 한다.

* 바랑: 수행승(修行僧)이 휴대품을 넣어 등에 지고 다니는 큰 주머니

온전한 삶을 위하여

잔도(棧道)를 걸어도
희망이 보인다
힘들고 아슬아슬한 좁은 길인 것을
꼭 건너야 할 피하지 못할 운명

목줄 메고 산책 나온 반려견
가고 싶은 곳이 많은데 가지 못하고
끌려가야 하는 반려견처럼,

가다가도 섬찟 몸 사려지는 날 어찌하오리까?
마음은 우측인데 발걸음은 왼편인 것을-
종교보다는 신앙의 길을
곱씹어 봐도 편 가르기는 손실로 자멸한다.

* 잔도(棧道): 험한 벼랑 같은 곳에 낸 길. 선반처럼 달아서 낸다. 각도(閣道), 잔각
(棧閣)이라고도 부른다. 편하게 벼랑길이라고도 부른다.

무지개를 찾아서

비가 오나 눈이 오나
서둘러 찾아가는 사람들이 있다
한번 가져 본 밥벌이는 쉬 못 버리고
대대손손 가업이 전통과 진솔한 품격으로
고집스럽게 챙기고 있다
길모퉁이에
야채 몇 줌 놓고 뜨거운 햇살 가림막 없이
진종일 굽은 허리 펴보지도 못한 할머니
떨이해야 접는 왕고집으로 지는 해를 맞이한다

어린 자식들 허기진 눈망울 못 잊어
연지곤지로 얼굴 분장하고 가위손 박자로
물배 채우며 마지막 춤으로 하루를 접는다.

비 갠 후 햇빛 등지고 무지개 보일 때
일곱 색 인생 모습이 어우러지는
저녁노을 찬란하여라
더불어 흘러 강물이 되고
너와 나는 같이 묶어 무지개를 찾아 나선다.

나 혼자 가는 길

세월의 누더기를 두르고
명지바람* 맞으며 지친 하루를 달래 본다
외로움 가득한 호젓한 마을 공원에서
처연하게 노을에 물드는
대모산(大母山)*을 보았다

길게 늘어진
그림자 어둠 속으로 걸어 들어서면
지친 바람 소리가 들린다
어차피 누구나 혼자 가는 길
쓸쓸함이 켜켜이 쌓인 공간이지만
정의와 진실만이 국기 아래 정좌하고
나를 무조건 맞아 준다
그래도
샘물처럼 솟는 자식 사랑은 그칠 줄 모른다.

* 명지바람: 보드랍고 화창한 바람.
* 대모산(大母山): 서울특별시 강남구, 서초구에 있는 높이 293m의 산이다. 산 모
  양이 늙은 할미와 같다 하여 할미산으로 불리다가, 조선 태종의 헌릉이 자리하면
  서 어명에 의해 대모산으로 부르게 되었다.

오늘 같은 날

한 방울 또 한 방울
고이고 넘쳐흐르는 청계산 물길
바위가 가는 길 가로막아
멈추게 하면 빙빙 돌다가
모으고 모아
힘받아 한강으로 흐른다

울타리도 없는 외딴 초가집
창문 틈으로 흙 내음 가득 쌓이고
오순도순 병아리 삼 형제
아침 햇살에 눈 비비며
찐빵 하나 주거니 받거니

산비탈 옥수수밭에
늙은 아비 허리 펴 볼 틈도 없고
고구마밭에 늙은 어미
하늘 보고 땅을 보며 부르는 콧노래
메아리 되어 자식들 힘받아
글 읽는 소리

해지고 달빛 가득한 단칸방에
팔다리 포개 누워
어머니 흥부와 놀부 이야기에
웃음소리 창호지 터진다
오늘 하루도 행복하다.

만세를 부르던 날

천진무구한 아이들이 한 해에 12명 출산하니
마치 범 새끼 자라 성장하는 모습이라
방천 너머에는 실개천이 흐르고
해 뜨는 동쪽에는
민둥산이 아름다운 모습으로 반긴다
냇가를 지나 마을로 오자면
크고 작은 과일나무가
키 자랑하듯 횡대로 종대로
군무를 하듯 너울너울 감미롭게 다가온다
성실하게 자란 12명은 범띠해 출생하여
마치 범 새끼라고 부르기도 한다
초등학교 갈 때도
종대로 마을 형들의 지도로 4km나
되는 학교에 즐겁게 다녔다
학교 가면 아침 시간부터
공습경보 피난 훈련을 한다
집에서 챙겨온 놋쇠와 솔방울은
교실에 쌓아두고 운동장 땅굴로 들어간다
이렇게 반년을 다니면서 학교 맛을 알 만한데

어느 한 날 선생님이 책 7권씩을 주면서
집에서 읽어 보라 한다
그리고
내일부터는 학교에 오지 말라 한다

학교에 오지 말라 하니
우선은 반갑고 즐거웠다
책을 짊어지고 마을에 오니까 여기저기에서
"대한 독립 만세"를 외치는 소리와 함께
많은 사람들을 볼 수 있었다
놀란 가슴 진정하고 알아보니
우리나라가 일본으로부터
해방이되었다 한다
해방이 무엇인가요
해방되면 좋은 건가요
어머니 말씀이 36년간
일본 사람들이 우리나라를 점령하고
우리 국민을 종 부려 먹듯이 괴롭혔디고
하면서 이제는 우리가 주인이다라고 아주 짧게

설명해 주신다

그래서 즐겁고 행복하여 만세를 부르며 모두가

길거리에서 만세 잔치가 벌어진 것이다.

설날 아침

코로나19의 괴질이 몸과 마음
꽁꽁 묶어 놓아도 물 흐르듯 넘겨지는 달력은
오늘이 설날이라고
왕눈처럼 크게 보이는 정월 초하루

육신은 멀쩡해도 아무것도 못 하는
일등병 둥이
조상님 차례상도 못 차리는 불효자식 꼴이라
설날이라고 떡국을 먹지 못해도
나이테는 도는데

조상님 방향 찾아 세배하고 덕담받으려는 심보
육신은 가을 고사리인데 욕심은 철심이라
빛바랜 얼룩진 얼굴 거울에 맞대고
눈물 고드름 흐른다

해와 달 번갈아 달리기하며
이 고개 서 고개 말이 닳도록 숨찬 세월
그림자 길게 누워 보기도 흉하다

동무들 서로 보며 더위 팔고
어르신 찾아다녀 세배하고
받아든 세뱃돈 덕담 복주머니

동네마당에 윷놀이 시끌하고
아이들 팽이치기 목소리 하늘로
뒷동산 연싸움 공중전 열풍이다

이 모든 것이 추억처럼 다가온다.

마을 앞산 자락에 초등학교 분교가 생겼다. 그래서 멀리 있는 학교에 가지 않아도 가까운 분교로 다니게 되었다. 마치 우리 집 마당에서 마음 놓고 노는 기분이다.

이제는 집에 있는 놋쇠를 찾을 필요가 없게 되었다. 그러니 마음껏 즐기면서 세월 즐겁다 하고 철부지 행동이 잘 자란 사내아이다.

여름이 다가와서 덥다고 말하는 철인데 학교가 문을 닫았다. 그리고 전쟁이 났다고 아우성이다. 이렇게 며칠이 지났는데 마을 앞 행길에 보지 못한 사람들이 짊어지고 여자들은 머리에 이고 아이들은 올래졸래 반걸음으로 무리 지어 아래로 아래로 가고 있다.

어른들에게 물으니 이북 공산당이 쳐들어온다고 한다. 그래서 서울 쪽에 사는 사람들이 남쪽으로 피난을 온다고 한다.

우리 부모님은 우리는 피난을 아니 가고 집에 있으면 된다고 하시며 걱정하지 말고 몸조심이나 하라 하신다. 그래서 우리 마을은 피란 갈 징조는 안 보인다. 피란민들이 잠시 쉬는 경우는 무엇을 도와주면 좋으냐고 말하기도 한다.

집과 재산을 버리고 오로지 살기만 하여라, 하면서 식사도 제대로 못 하면서 흘러가듯 계속 지나간다. 마침 여름철이니 다행이지만 밤에는 나무 밑에 사리 낄고 솥딘지 걸고 니무 불 피 먹거리 만들어 반찬도 그럭저럭 때를 때운다.

내 또래 아이들도 있고 나보다 더 어린아이도 있지만 다른 마을이라서 놀란 병아리마냥 쪼그리고 앉아 눈치만 보는 듯하여 어린 나에게도 가슴이 멍하여졌다.

이러기를 며칠 지나니 군복을 입은 젊은 청년들이 총 메고 줄지어 지나간다. 무서워하면서도 처음 보는 군인들이라 신기해서 길옆에서 구경하는데 우리 모습과 같고 우리말을 하는데 참으로 이상한 것이 피란민들이 아래로 가는데 군인들이 왜 아래로 가는가? 했더니 그 군인들은 이북에서 쳐들어 온 인민군이란다. 그래서 서울을 점령하고 아래까지 다 점령하려고 내려간다고 한다.

어찌 할꼬 우리 군인들은 어딜 갔는지 그렇다면 우리 마을이 공산당으로 변하는 것이 아닌가?

지나는 인민군들은 악해 보이지 않고 마치 마을 형들과 같은 얼굴로 말씨도 온순했다.

평화롭게 살던 우리 마을이 공산당 마을로 변하고 우리가 생각하는 즐겁고 행복한 마을 분위기는 긴장과 공포로 변해 가고 있다.

아들에게

어른이 되었어도
어린 마음으로
훌쩍 떠난 아들

훨훨 날개 펴고
파도 위를 거침없이
유영하는 독수리 모습

시간이 지날 때마다
크고 힘센 족적이
영롱한 화석처럼 남김을

산처럼 너를 지켜주는
온화한 아버지의 병풍이
영원한 사랑의 성벽으로 남으리라

* 해설: 해방을 맞이하고 6·25전쟁으로 우리나라가 어려운 시기에 우리의 젊은 자녀들이 세계방방곡곡으로 이민과 유학의 길을 떠난 우리나라의 피할 수 없는 그 시절, 그렇게 떠난 우리의 자녀들이 세계 여기저기에서 그리고 국내에서도 열심히 노력하여 좋은 아이디어로 나라를 빛내고 있는 모습이 세계에서 으뜸으로 각광받는 자손들의 빛난 영광을 굳센 민족의 애국심과 영원한 민족혼으로 기둥이 되고 성벽이 되리라.

우리 마을 중간에 있는 신작로는 전주에서 대전으로 가는 국도로 많은 자동차도 다니고 이웃 마을 사람들도 오고 가는 오솔길이 아닌 국도로 도로 정지작업도 수시로 하는 길이다. 그러니까 거리를 나누어 마을에서 관리하는데 관리라고 하는 것이 작은 돌멩이들을 길에 깔아서 깊게 패이지 않게 하기 위한 작업이다.

그래서 자동차가 지나가면 흙먼지가 일어나 지나는 차를 알아볼 수가 없다 예전에는 흰차(버스)라고 하는 차가 하루에 한 번 지나는데 돈을 주고 탈 수 있지만, 우리 마을에서는 타는 사람이 아무도 없다.

어느 날 탱크라고 하는 쇳덩이 차 같은 것이 하얀 흙먼지를 내고 북쪽으로 계속 지나간다. 그 뒤로는 화물차에 총 든 군인들이 지나가는데 얼굴색이 까맣다. 어른들 말로는 유엔군인데 외국 군인들이라고 한다. 우리나라를 구해 주려고 외국에서 왔다고 한다.

그때 나는 읍내에 있는 중학교에 입학을 하니 개교 2년 차라 나보다 앞서 입학한 선배가 있다.

영어 선생님이 영어를 너무 잘하는데 알아보니 미군 부대에서 통역 장교로 있었다고 한다. 얼마나 부러운지 하루 종일 가르쳐 주면 좋겠다고 생각을 했다.

들리는 소식으로는 인민군이 남으로 계속 가다가 우리 군인과 유엔군이 낙동강 전투에서 엄청나게 방어를 하고 있었다 한다.

그런데 때마침 맥아더 장군이 인천 상륙 작전에 성공하여 결국 서울을 탈환하였다고 한다.

그래서 이북 인민군과 중국에서 지원해 준 중국 인민군들이 패잔병이 되어 다시 우리 마을 도로를 지나서 북으로 퇴각하는 길이 되었다. 그들 중에는 신체 여기저기 부상으로 피가 나고 붕대로 칭칭 감기도 하며 걸음도 제대로 걷지 못하는 군이 무수히 섞여 있는 모양은 참으로 안타까운 형상으로 같은 민족끼리 참으로 큰 비극의 참상이다.

이북 패잔병들이 지나고 며칠 지나니 유엔군이 그길로 오면서 잠시 머물기도 하는데 우리 또래들은 학교에서 배운 영어를 사용해 보았다.

"헬로우- 기브 미 초콜릿."

통하는지

"에스 오케이- 컴 히어-"

하면서 진짜 초콜릿을 주어 받아먹어 보았다. 신기하기도 하고 재미있어서 유엔군을 보면 그런 짧은 영어를 많이 사용하게 되었다.

서로가 통하는 언어의 힘은 아주 큰 효과를 얻게 된다. 그래서 대화를 하면 서로의 오해도 이해로 갈 수 있어서 쉽게 친해질 수 있다.

이런 날이 지나가고 비교적 정세는 평화로웠는데 또 다른 불안 공포로 보내는 날이 왔다.

해 지면 운장산에 숨어 있던 패잔병과 지역 빨갱이들이 먹을 것을 탈취하려고 마을에 기습으로 쳐들어오는데 풍악을 울리고 소리소리 지르며 마을의 집집마다 무자비하게 침입하여 대창으로 찌르고 집 안을 마구 뒤져 필요한 것은 무조건 탈취한다. 젊은 사람이 있으면 강제로 끌고 가서 탈취한 물건을 등에 메게 하고 여자들은 장독에서 된장 고추장을 탈취하고 외양간에 소를 끌고 가면서 가져갈 것이 없으면 사람을 해코지하는 식으로 대창을 사용하여 상처를 만들고 약 한 시간가량 무법천지를 만들고 돌아간다.

온 가족들은 맹수 앞에 생쥐 꼴로 목숨만 살려주면 감사하다는 심정이다. 모두 다 가져가도 되니 마음대로 하라는 식이다. 그들이 가고 나면 마을은 온통 통곡 소리만 가득할 뿐 누구에게도 하소연이나 분풀이도 못 하고 하늘 보고 개 짖는 꼴이다. 날이 밝아 마을에서는 누구네가 끌려가고 누구네 소가 없어지며 누구네 집 아저씨는 대창에 찔려 피를 흘리고 있다 한다.

해가 뜨고 나면 읍내에서 전투경찰 3명이 나와서 별일 없느냐는 식으로 말하고 지나간다.

마치 야간에는 빨치산 왕국이 되고 주간에는 허약한 대한민국이 되는 1일 양국의 형세를 보여 준다. 참으로 안타까운 시절이다. 그러기를 머칠이 지나 우리 군인 부대가 들어와서 주둔하면서 빨치산들의 탈취 행동은 멈추고 대한민국 군인의 형태로 잠시 유지되었다. 그 덕분에 우리 집에 대장 숙소가 되어 방 하나를 사용토록 한 것을 기억하고 있다.

우리 군인들이 빨치산 소탕 작전으로 학교 주변의 공터에 총 맞고 죽어 있는 빨치산 3명을 보았다. 이들은 인민군이 아니고 우리 이웃 사람들인데 공산당의 이론에 짧은 지식으로 염색되어 날뛰다가 결국 개죽음으로 인생의 최후를 전시하듯 마감했다.

내가 일제 강점기에 출생하여 소년 시절을 보내면서 해방과 전쟁의 포화 속을 실감나게 체험하고 살아온 고장이 바로 나의 고향이다.

6·25 전쟁이 잠시 멈추고 평화로운 시기로 접어들면서 계속 평화롭고 행복한 마을로 나라로 온 국민이 살다가 크고 작은 인생의 삶을 마음 놓고 돌아간다면 그 인생은 잘 살다가 갔다고 할 것인데 지금 남은 우리 국민은 앞으로 어떤 변화를 예측할 수 있을는지 두렵다.

지금 고향에 가면 내가 살던 집은 없어지고 젊은 2세들이 새집 짓고 변하는 신세대로 가고 있으니 찾고자 하는 고향은 하나의 옛 추억일 뿐이고 마을 앞산에 부모님 모시고 떠나온 후손들 하나같이 각자가 살기에 여념이 없다.

A Lousy Love

In those days when he became a slave to vanity and bravado

I planted a love deep in his heart

And my longing heart

Counting one by one

On a crescent

is going to float a wooden vessel of remorse in the Milky Way

The breath hidden in longing is as wild as the sound of the siren

I feel the calm white waves,

the sky and the horizon far off

I planted a love deep in his heart

And, with tears hidden,

The back of the love that walks idly is not erased

In the soul of a shabby love,

A drop of sorrowful black tear

Falls into a cold star.

코스모스

가냘픈 허리에
목이 긴 여인처럼
누굴 기다리는가

길섶에 나란히 서서
고추잠자리 꽃잎 맴돌며 기쁜 소식 전해 주고
긴 목을 길게 내밀고 어디를 보고 있는가

길섶에 핀 코스모스여

꽃신 사 주신다고 장에 가신 울 아버지
언제 오시나요
서울로 글 배우러 간 오라버니가 온다 했는데
기다려지네
초등학교 동창인 영식이가
날 보러 온다 했는데

꽃신발을 빨리 보고 싶어
가슴 두근두근 기다려진다

하나뿐인 오라비 보고 싶은 마음
급하기도 하여라
나도 좋아했는데 영식이가 날 보려고 온다니
마음이 콩닥콩닥

산들바람에 춤이라도 추려는지 가냘픈 허리에
목이 긴 여인처럼
애처로워 보이는 길섶에 핀 가을의 꽃이여

맑고 높은 가을 하늘에 뭉게구름 흐르고
길섶에 서 있는 여인상, 살찐 오곡백과와
같이 배꼽춤 춘다. 눈 오는 겨울에는
쌀독이 가득하려니 마음 든든하리라.

제2장

상구정 마을 뒷동산

가슴 넓은 뒷동산
봄나물과 겨울 숲
그리고 크고 작은 나무들
어머니 품속처럼 안고 있다

봄바람 밀려오는 날
하얀 눈꽃 지우고
언 땅에 입김 남기면
작은 씨앗에 나비가 논다

오뉴월 햇살 포근히 다가오는 날
병정놀이하는 범띠 12명
지칠 줄 모르고 뛰고 달리는
놀이동산으로 내어준다

가지마다 주렁주렁
큰 열매 매달고
주머니마다 가득가득 채워 준
살구도 홍시도 넉넉하게 품고 있는 동산

조상님 안식처로 지켜주는 이 동산에

산새도 즐겨 찾아 사랑 노래 부르는

에덴 같은 상구정 마을 뒷산이

그립고 그립구나.

별난 아이

소먹이 간 막둥이
소는 혼자 놀라 하고
밤나무에 올라
가지를 흔들어 대다가
밤송이와 같이 땅으로 굴러떨어지니
아이고 어머니 끙끙하며
알밤을 챙긴다
대추나무 밑에서
대추 알 찾으려고
수풀을 이리저리 헤치다가
지렁이 꼬리도 청개구리 머리도
손으로 물컹 만져 보며
설익은 대추 하나 입에 넣고
아삭아삭 씹는 마음
그래도 행복하여라.

710호 병실

119 구급차에 실려 다른 차들 추월 도착한
혜민 병원
코로나19 확진자만을 수용 치유하는 전문병원
연녹색 가운 입은 사람들이 분주하다
5인실에 침대 하나 차지하고
수액주사와 복용약으로 목숨 걸고
시간과 계주 경주한다
사육장의 동물과 다른 것 무엇인가
도시락 먹이통 주면
허겁지겁 먹어 치운다
1주일 동안 같은 방법으로
치유되면 퇴원된다
다른 합병증으로 다시 신음과 괴성으로 고통을
발상하는데
육상계주에서 2착자는 영안실행이다
정상적인 퇴원은 부러운 희망 사항이다
다시 그 자리에 새로운 확진자 콜록콜록
채워긴다
사방은 벽으로 차단되고

TV도 라디오도 없는 밀실

오로지 누구나 같이 핸드폰 검색이

유일한 여가 문화다

현대 최고의 장비로 치유에 최선을 다하는

병원으로 지구의 인류를 위협하는

코로나19의 유일한 적수다

삶과 죽음의 경계선에서 생존만을 염원하는

인간의 마지막 기대로 또 하루를 기다린다.

자유민주주의 조국을 위하여

거짓과 오만(傲慢)이 가득한 거리

자유민주주의를 짓밟는 거리

성난 피켓과 날 선 구호가

절망(切望) 중에 허우적거리는 거리

위선(僞善)과 불의(不義)가 난무하는 거리

유아독존(唯我獨尊)으로 힘자랑하는 거리

특권(特權)과 반칙(反則)이 없는

정의(情義)로운 거리는 언제쯤에나 찾을 건가

내 강산(江山) 내 민족(民族)

영원한 내 조국(祖國)

자유민주주의를 위하여

손에 손 잡고 희망의 노래

힘차게 부르며

거리의 어둠을 몰아내고

공정(公正)하고 정의(精義) 가득한 나라

자유민주주의(自由民主主義)

조국(祖國)을 위하여

오늘도 땀 흘리며

열심히 일합시다.

1938년 일제(日帝) 탄압 때문에 모든 학교의 조선어(朝鮮語) 과목(科目)이 폐지(廢止)되었다.

조선어 연구(研究)와 발전(發展)을 위한 조선어학회(朝鮮語學會)가 1931년에 창설(創設)하였는데 1943년 조선어학회 회원 33명이 체포(逮捕)되고 우리말 사전 편찬(辭典編纂) 사업이 중단되었다.

일제(日帝)는 1930년대 중반 이후 더욱 극렬한 식민(植民) 통치(統治)를 펼쳤다.

식민지 동화 정책의 궁극적인 목적은 민족 말살(民族抹殺) 정책이었다. 한국인(韓國人)을 일본인화(日本人化)하고 일본과 한국을 하나로 만들어 한국인을 징용(徵用)이나 징병(徵兵) 등 침략 전쟁에 효과적으로 동원하겠다는 의도에 따른 것이었다. 이를 위하여 가장 심혈을 기울인 것은 일본어 보급(補給)과 조선어 말살(抹殺)이었다.

1938년 봄 신학기부터 학교에서 조선어 과목을 완전히 폐지(廢止)했다.

우리 국민의 생활은 극도로 심하게 탄압과 고통 속에서 우리 고유의 한국어 사용을 못 하게 하고 학교에서 일본어만 사용하기 위하여 교육 방법을 개혁하였다.

이런 와중에 부모님은 깊은 생각을 아니하시고 나를 1938년 4월 15일에 생산하셨다. 사회적으로 경제 사정이 곤란한 시기이므로 가정 경제역시 넉넉지 못한 실정인데, 태어난 아들의 양육을 위하여 무척이나 큰 고통을 받으신 것으로 미루어 짐작이 된다.

내가 출생 당시 부모님은 45세 동갑으로 다른 집보다는 다소 좋은 편이어서 어린 아들 먹이는 떨어지지는 않았다는 누님으로부터 뒤늦게 들은 것으로 기억된다.

암죽과 곶감 달인 물을 주식으로 먹고 자란 늦둥이 막내라 주변의 사랑을 비교적 많이 받은 것으로 전해 들었다.

나는 초등학교 1학년에 다닌 기억은 해도 그 이전의 기억은 해무(海霧) 속의 산과 들의 모습이다.

내가 초등학교 1학년 마을 선배들의 줄서기 지도로 5㎞쯤 떨어진 읍내학교에 다닌 기억은 생생하다. 집 안의 놋쇠 그릇과 뒷산의 솔방울은 나의 등교 시간에 지참물이다. 수없이 집안 놋쇠를 가져다 제출하다 보니 남아나는 것이 없다. 그리고 하학 후 뒷동산에 가서 솔방울 따는 일은 매일 숙제로 꼭 지킨 것이다.

이렇게 해서 학교에 가면 교실에 있는 것보다 운동장에서 비행기 공습경보를 잘 지키기 위한 연습이 계속 진행된다.

공습경보 훈련 시 운동장 가에 파놓은 방공호에 들어가는 경우를 빼고는 운동장 주변의 큰 나무 밑에 가서 눈감고 쪼그리고 앉아있는 것이다. 이러기를 4개월여를 지나는 날 담임선생님이 책을 많이 가져와서 7

권씩 주며 집에 가서 많이 읽으라 하고 집으로 가라 한다. 후에 알았지만 그날이 바로 우리나라가 해방(解放)된 1945년 8월 15일이었다.

집으로 오는 중에 여기저기에서 대한 독립 만세를 외치며 "우리는 해방되었다"라고 두 손을 하늘 높이 들고 흔드는 얼굴에 함박웃음을 그리고 "만세 만세"를 외치고 펄쩍펄쩍 뛰는 시늉을 하며 좋아라 한다.

그 이후 집 가까운 곳에 분교가 생기고 우리 마을 아이들은 분교에서 공부를 하였다. 6학년으로 학교생활에 흥미를 가지고 즐겁게 놀면서 즐기는 중에 그해 6월 25일 북한 김일성 집단이 남침을 하여 갑자기 많은 피난민이 서울 쪽에서 밀려오고 있었다. 그러더니 바로 뒤따라 이북 인민군이라는 병사들이 걸어서 걸어서 지친 모습으로 오는데 마치 나이 어린 병정으로 군인 같지 않아 보였다. 나쁜 적군이라는 생각보다는 이웃집 총각이 군복을 입고 병정놀이하는 것 같은 생각으로 다가가서 말을 해 보면 다 알아들어 은연중에 친근감이 들기도 하였다.

이렇게 남으로 밀려드는 피난민들과 이북 인민군들의 행렬이 지나가고 석 달쯤 후에 남루한 군복으로 지친 모습을 한 이북 인민군들이 오던 길로 북을 향하여 가고 있었다. 그중에는 얼굴을 붕대로 감기도 하고 다리를 꽁꽁 묶어서 다리 하나를 질질 끌고 가는 인민군도 있다. 틀림없이 패잔병들의 퇴각 행렬이다.

소식에 따르면 9월 인천(仁川) 상륙 작전(上陸作戰)으로 패잔병들의 퇴각 진로가 막혀 인근 산속으로 숨어들어 남쪽 출신 빨치산들과 합류하였다. 밤이면 식량 약탈(掠奪)을 하려고 인근 부락으로 무자비(無慈悲)하게 쳐들어와 악랄한 폭행으로 살해하고 약탈하는 행위가 빈번하여, 결국에는 빨치산 토벌 작전 군부대가 오고 후에는 유엔군도 와서 일망타진(一網打盡)하여 평온을 찾게 되었다.

내가 처음에 입학한 초등학교에서 중학교를 설치하여 3년간 중학교를 즐겁게 다녔다. 학교를 가는 중간에 아버지가 마련한 논들이 여기저기 있는데 내가 학교를 마치고 집에 올 때는 벼 심은 논의 물꼬를 꼭 보고 와야 하는 아버지의 간곡한 명령 같은 지시사항이었다.

여름방학이 되면 일꾼들이 30여 리 밖의 산에서 베어 만들어 논 잡풀을 소구루마에 잔뜩 싣고 운반하여야 하는 일도 나는 하였다. 중학생 신분이라 그때는 키도 몸집도 작은 어린이였다. 이렇게 중학 3년간 아버지의 농민 생활 도제교육(徒弟教育)을 받은 셈이다. 아버지는 막내인 나를 농민 후계자로 마음먹고 기대하였는데 중학교를 졸업하고 고등학교를 가려고 서울로 가출(家出)을 하여 동양공고 야간부에 입학을 하고, 낮에는 일하며 돈을 벌기로 하였다.

6·25 전쟁이 끝난 것은 아니지만 정전(停戰)상태라서 비교적 사회

분위기는 생활 전선에서 모두가 열심히 일하고 살아 보겠다고 하는 안정된 분위기였다. 서울에서는 마땅한 일할 것을 못 찾고 해서 친구와 같이 부산으로 가자는 의견으로 부산에 가서 역시 일하며 야간 학교에 등록했다. 부산 제일부두에서 하역(荷役) 작업을 하면서 부산 동래온천 부근에 숙소를 정하고 전철을 타고 서면으로 와서 여러 가지 돈을 버는 일을 하였다.

그러면서 매일 영어로 일기(日記)를 썼다. 그때 나의 목표는 미 국무성 초청 유학(留學)이었다. 중학교에서 영어 선생님이 회화를 잘하여 미군 부대에서 통역(通譯)을 하였고, 외사촌 형이 영어를 잘하여 UPI 한국통신사에 근무하는 것을 보고 부러워했다. 그 시절 제일 힘든 것은 철로 밑에 침목(枕木)을 제1부두에서 하역작업을 하고, 이것을 다시 기차 화물칸에 상차(上車)하는 일을 5명이 한 팀이 되어 일을 하면 지금 돈으로 5만 원을 받게 되어 힘들어도 도움이 되었다. 그 침목은 수입목으로 기름먹은 약 40kg 4각이라 어깨에 메면 무겁고 무척 아픈 힘든 작업이었다. 그래도 목돈을 만지는 데는 그 일이 최고였다. 늦은 가을 작은 체구에 영양실조와 무거운 노동으로 육체적 유지가 어려워 쓰러지고 말았다. 결국 친구의 도움으로 고향 집에 돌아오게 되니 학업의 꿈은 무너진 셈이다.

집에서 집밥 먹으며 부모님 사랑을 충분하게 받으니 두어 달 후에

회복이 되었는데 전주의 영생고등학교에 편입학으로 부모님 사랑 속에서 다시 공부하게 되고 공주사범대학에 진학하여 젊음의 꿈을 찾게 되었다.

1964년 대학을 졸업하고 학교에 취직하고 보니 그 당시 월급은 너무나 작아서 한 달을 살기에는 힘겨웠다. 여러 학교로 옮기면서 결국에는 문교부에서 우리나라 초중고등학교 수학(數學) 교과서(教科書) 개편 작업을 하게 되었다. 개편의 요지는 집합 개념을 도입하는 것이었다. 대학교 수학과에서 배우는 내용이다. 시대의 변화에 따라 도입하게 되었는데 고등학교를 졸업하면 IT 분야의 기초가 되는 컴퓨터 프로그램을 만들 수 있는 정도였다. 지금은 교과서에 없지만, 그 당시 교사들에게는 어려움이 많았다. 그러나 오늘의 IT 분야에 얼마나 큰 도움이 되었는지 자타가 공인하는 내용이다.

1970년대의 경제계에서는 모든 것이 열악한 상태라 소규모의 직장에 취업하려면 인우보증(隣友保證)을 해야 취업이 가능했다. 그러니까 보증보험(保證保險) 제도가 없어서 그런 불편함이 있었다. 생각지도 못한 지인(知人)의 요청에 보증을 하였는데, 지인(知人)의 회사가 망하여 그 회사의 부채가 나에게 120억 원이란 큰 액수가 보증인 나에게 채무(債務)로 와서 결국은 나의 이름으로 된 재산(財產)은 모조리 차압

(差押)되고 직장도 퇴직(退職)하였다.

    그 후 지하 방으로 이사했는데 장마로 하수도가 역류(逆流)하여 내가 사는 집에 침수되어 또다시 빈털터리가 되었다. 이것이 나의 운명의 전환점이다. 나에게 남은 것은 입은 옷 하나와 육체뿐이다. 돈은 한 푼도 없고 재산은 물론 돈이 될 만한 것은 지푸라기 하나도 없으니, 마치 어머니 배 속에서 태어날 때의 나의 빈손 같은 꼴이다. 바람에 날리어 지구에 뚝 떨어진 이름 모를 씨앗 하나 꼴이다. 그 당시 부모님은 돌아가셨고 형제들은 각기 자기 인생 힘들게 살아서 나의 처지를 알리고 싶지도 아니하였으며 도와준다 해도 무엇을 어떻게 얼마를 도와줘야 할지도 아무런 대책이 없다.

    지금부터는 맨발로 뛰어야 한다. 가진 것은 실오라기 하나도 없으며 다행히 건강한 몸 하나뿐이다. 비겁하게 비관하거나 생을 포기하려는 마음은 생각할 여유가 없는 처지이니 못난 생각은 하지 않기로 하였다.

    인생 삼모작(三毛作)을 시작하는 시발점이다. 부산에서 고학 시절이 머리를 떠나지 않는다. 무(無)에서 시작하는 마음으로 각오를 다지면서 일할 수 있는 곳을 찾아야 한다. 마침 2006년 채무자(債務者) 파산(破産)신청으로 채무자의 면책(免責)판정을 받아 신용이 회생(回生)되었다.

교육공무원으로 평생 일했지만, 이런 과정을 통하여 사회에서 필요한 상식적(常識的)인 법률을 배우면서 다시 사회의 초년생으로 살게 되었다.

노숙자(露宿者) 신세로 돈이 되는 일이라면 가리지 아니하고 무엇이든지 해야 한다는 정신으로 열심히 노력하였다. 그러나 아무리 돈을 찾아 일한다 해도 정당한 일이 아니면 절대로 해서는 아니 되고 남에게 단 한 푼의 피해가 되는 일은 해서도 아니 된다는 결심이 나의 바른 각오였다.

쉽게 구할 수 있는 일자리는 아파트 경비 일과 건물 관리와 주차 관리였다. 그리고 김밥집 설거지도 했으며 광고지 지하철에 부착하는 일도, 건강식 판매도 해 보니까 우리 사회의 구조상 인심의 흐름을 몸소 느낄 수 있었다.

요양 보호사 양성을 시작으로 우리나라 노인 복지가 출발하는 시기에 기회라 하여 사회 복지사 자격증을 취득하고 즉시 복지 사업을 3년여 하였다. 우리나라의 노인 복지 분야에 관심을 가지게 된 계기가 되었다.

이런 일 저런 일 가리지 아니하고 하다 보니 감성적(感性的)으로 기억에 남는 내용을 저어두었더니 후인에 수필(隨筆) 부분과 시(詩) 부분에 등단(登壇)되어 문학의 작가가 되었다.

그렇다 사람이 죽어서 묘비(墓碑)에 달랑 이름 석 자만 적어 놓는 것보다는 시인(詩人)과 수필가(隨筆家)라는 단어를 앞에 적어 놓으면 다시 보겠지, 그리고 작품집을 만들어 놓으면 영원히 남아 있겠다는 기대감이 나에게 힘을 주었다.

대둔산 자락에서 작은 씨앗 하나 떨어져 싹이 나고 잎이 자라 바람에 흩날려 전국을 쏘다니면서 세상을 보는 눈이 밝아지고 각 지방마다 사람들이 하는 말이 귀에도 청명하게 잘 들려 우리 국민의 순수성을 다시 알게 되었다

나의 고생은 호사(好事)였다고 생각하게 되었다. 건강만을 챙기면서 부모님으로부터 눈여겨 배운 이웃 돕기 정신으로 힘들고 어려워도 욕심부리지 않고 이웃을 먼저 배려할 수 있는 마음 자세로 한국문인협회 회원으로 그리고 강남문인협회 회원임을 재인식하고, 사단법인 강남시사랑장미회를 창립하여 문학 지망생의 기초 이론과 학습 지도에 전념하고 있다. 글 쓰고 작품 읽는 가난한 86세의 노인 신분으로 유산(遺産)은 재산(財産)이 하나도 없어도 문학(文學) 작가(作家)라는 명예를 곱게 남기고 싶은 마음이 밀물과 썰물에 밀리고 부딪혀 모서리는 차츰차츰 마모되어 둥글둥글한 모습으로 바닷가에서 쉽게 볼 수 있는 몽돌이 같은 모양으로 남고 싶은 마음이 간절하다. "구르는 돌은 이끼가 끼지 않는다."라고 했던가? (A rolling stone gathers no moss)

산수(傘壽)에 다짐

약관(弱冠)에 집 나간 막내아들
땀 적시고 사방팔방(四方八方) 다니며
주경야독(晝耕夜讀)에 생고생을
일상(日常)으로 살았습니다

포근하고 따뜻한 어머니 품 같은 곳도,
아버지의 장송(長松)같이
든든한 버팀목도 없고
마음 시린 찬 서리만 가득하더이다

황금(黃金) 같은 시절은
속절없이 강물에 흘러 보내고
뒷머리 허옇게 서리 내린 나이로
시인(詩人)과 수필가(隨筆家) 이름표 덧달고
텃밭에 황금 종(種)을 심고자 합니다

아버지 어머니 가까이 모시고
즐거울 때나 괴로울 때면
마음껏 불러보고 울어보며

철들어 가는 모습으로 살고 싶소이다

자자손손(子子孫孫) 대가족(大家族)을 이루고
사방(四方)에서 귀감(龜鑑)이 되는
후손(後孫)들로 성장해서
부모님의 은덕(隱德)에
큰 짐을 덜고자 하나이다.

어머니 마음

어머니의 곡진(曲盡)한 삶은
형제(兄弟)자매(姉妹)들 삶의 표상(表象)이다

봄을 완상(玩賞)하지도 못하고
어느덧 여름 한복판에 왔다

애면글면 양육(養育)한 자식들
부모 마음 일 할(割)도 모른다

노심초사(勞心焦思) 어머니 오늘도
퇴직(退職)한 자식 건강을 먼저 챙긴다.

요실금 폭탄

1년 강수량이 집중적으로 연일 퍼붓는다
오래된 저수지(貯水池) 둑이 터졌다

무너진 둑은 강물 줄기 되어
논과 밭을 덮쳐 물바다 되었다

손 쓸 사이도 없이 논둑 밭둑을 넘은 물
앞마당 지나 부엌과 방에 가득하다

무더위 갈증에 냉수 사발 찾아
두어 사발에 배가 빵빵하다

장 구경 가던 길 오줌보가 아랫배 눌러
보(洑)가 터졌다
요실금으로 바짓가랑이 줄줄줄 물바다 되었다.

통도사(通度寺) 엿보기

부처님 가사와 진신사리를 모신
영축총림통도사(靈鷲叢林通度寺)
산과 계곡 사이
새벽예불(禮佛) 들으며
아침햇살 소나무 숲을 벗어나
소나무 우듬지 위로
대웅전(大雄殿)에 모아진다

투박하고 자연적인 소나무 껍질
형태가 유사하지 않은 소나무들
자연의 풍광(風光)을 한 몸에 받으며
사바세계의 느낌을 소나무에서
세월의 나이를 느끼게 한다

대웅전(大雄殿)은 대방광전 금강계단
적멸보궁과 함께 자리하고 있다.
계단에서 창틀 기왓장마다
아름답고 섬세하여 위용이 느껴진다
벽화 불단 꽃살문 닫집 단청

미켈란젤로의 천지창조에 버금가는

화려하고 성스러운 아름다움 충분하다

사방 벽마다 불보살들 대들보의 용의

힘찬 움직임으로 장식한 마스터피스다

대웅전 지붕의 흰색 물방울 형상 연자봉

지붕과 용마루에 연꽃 모양 그릇으로

통도사를 상징한다

유백색으로 어깨가 풍만하고 순정적 볼륨감

둥근 곡선의 친숙함이 사랑스럽다

불이문(不二門)의 천장은 코끼리와 호랑이

사방 모서리에는 용(龍)이

불이문을 지키고 있다

동물이나 식물 물결무늬

상서로움 상징하는 애절함을

자연과 더불어 상생(相生)한다

자연 속의 동물은 신비롭고

흥미 있는 개념을 지니고 있다

극락암(極樂庵) 가는 길에 해가 떠오르면

산사(山寺)는 붉게 물들고

여명(黎明)의 빛이 사찰에 빛나고

백일홍의 모습이

아름답고 멋진 풍경을 만든다.

어머니!

자식 그리워
대문 앞을 서성이다가
머얼리
사람 모습 보이면
행여나
내 사랑하는 아들인가 하고
마음이 먼저 두근두근하다가
섭섭한 마음 뒤에 두고
방문을 닫곤 하시던 어머니

어두운 밤길
돌부리에 넘어질세라
끄지 못하는 외등에
고드름이 맺혔네

추석에 올까
설날에는 오겠지
한 해 두 해 기다리다
영결종천(永訣終天) 떠나가신 어머니!

광명동굴 답사기

1912년 일제가 자원 수탈을 목적으로 개발을 시작한 광명동굴(구 시흥광산)은 일제 강점기 징용과 수탈의 현장이자 해방 후 근대화·산업화의 흔적을 고스란히 간직한 산업 유산이다.

1972년 폐광된 후 40여 년간 새우젓 창고로 쓰이며 잠들어 있던 광명동굴을 2011년 광명시가 매입하여 역사·문화 관광명소로 탈바꿈시켰다.

광명동굴은 산업 유산으로서의 가치와 문화적 가치가 결합된 대한민국 최고의 동굴 테마파크라는 평가를 받고 있으며 연간 100만 명 이상의 관광객이 찾는 세계가 놀란 폐광의 기적을 이루었다.

황금 광산으로 개발되었던 광명동굴은 1950년을 기준으로 동굴 내 광물의 총 매장량은 1만 9천 톤으로 추정되고 당시 석탄 공사 자료에 따르면 1955년부터 폐광된 1972년까지 52kg의 황금을 캤으며, 광산 채광을 시작한 1912년부터 1954년까지는 수백 kg 이상의 황금이 채굴된 것으로 추정된다.

1972년 폐광된 것은, 홍수에 따른 환경오염과 보상 문제 때문이었으며, 그래서 지금도 동굴에는 많은 양의 황금이 묻혀 있다는 게 전문가의 분석으로 전해진다.

광명시 대표단은 2016년 5월 말 프랑스 의회와 도르도뉴 주의회 초청으로 파리를 방문해 '광명동굴 성공사례 및 라스코 동굴벽화 광명동굴전의 의미' 등을 발표해 프랑스 정치인들과 시장들에게 큰 호응을 얻었다.

광명시는 라오스 정부에도 동굴개발 성공사례를 전수해 주고 있으며 광명동굴에는 벤치마킹을 위해 방문하는 전 세계 공무원들의 발길이 꾸준히 이어지고 있다고 한다.

〈반지의 제왕〉, 〈호빗〉 등의 판타지 영화를 제작한 세계적인 영상기업 뉴질랜드 '웨타 워크숍'이 제작한 실물 크기의 골룸과 간달프 지팡이, 국내 최대의 용(길이 41m, 무게 800kg)인 '동굴의 제왕'이 함께 전시되어 있다.

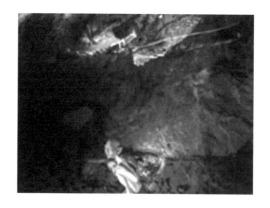

광명동굴의 최초의 기록은, 1903년 5월 2일 가학리에 「시흥광산」이 설립되었다는 기록이었다.

일제 강점기에 들어서면서 광업권 침탈 차원에서 당시 조선 총독부는 대한 제국 고종 황제를 압박하며 '광상 조사 기관'을 설치하고 금·은 광산을 발견해서 이를 독점하려고 안간힘을 쏟았다.

광명동굴 역시 1912년 고바야시 토우에몬 일본인의 이름으로 설립이 되었고, '광상 조사 기관'을 앞세운 일제의 광업권 침탈과 관련이 있을 것으로 보인다. 당시 광산에는 대부분 농민 출신으로 징용과 생계를 위해 온 광부들이 많았으며, 전성기 때에는 500여 명의 광부가 근무하였다고 한다.

일제 강점기부터 채굴된 광물들은 일본으로 보내져 태평양 전쟁의 무기가 되었고 해방 전까지 엄청난 양의 광물이 수탈되었다.

광명동굴은 108년의 시간이 지난 지금도 광산 역사와 함께 상부 레벨로부터 지하 7레벨까지 7.8㎞의 갱도와 외부에 광석을 선별하던 선광 장터가 현재까지 그대로 남겨져 있다.

선광장은 한 덩이 한 덩이를 쌓아 올린 석조 플랜트와 숨 가쁘게 움직였을 기계를 받쳐 주던 콘크리트 기초들이 남겨져 있어 당시 산업 건축 양식을 분석할 수 있는 시설일 뿐만 아니라 산업 시설로서의 용도를 파악할 수 있는 학술 자료의 주요한 시설이다.

또한, 선광장 터와 더불어 광명동굴 내 지하 갱도는 갱도 구조를 통해 광산 개발의 방식과 통풍, 환기 등 지하 갱도에서의 작업 환경을 알 수 있는 살아 있는 자료이다.

이러한 산업 역사 현장으로서의 가치와 더불어 폐광 후 40여 년의 시간만큼 먼지 쌓인 광부들의 낙서 이것이야말로 역사적 가치와 산업적 가치를 고스란히 간직하고 있다.

일제 강점기의 수탈의 현장이었던 시간과 함께 근대 산업의 중추적인 역할을 하였던 역사의 순간까지 광명동굴은 108년의 긴 시간 동안 숱한 역사를 써 내려간 유형의 자산과 무형의 자산을 공유하고 있다.

이제, 근대 산업 유산으로서의 보전과 문화 예술을 통한 도시 재생을 위한 활용을 통해 성공적인 도시 재생의 사례로 남고자 한다.

오월이 오면

계절의 여왕 오월이 오면
새록새록 솟아나는 할머니 음성
"우리 강아지 잘도 생겼지
삼신할머니가 고맙기도 하여라"

어젯밤에 내린 이슬비
텃밭의 야채들 꿀물 되어
아침 햇살에 방긋방긋
웃음 지으며 다가온다

빗물이 고여 강이 되고
이 강 저 강에서 모인 강물이
모이고 모여 바다가 되듯
한순간도 잊혀지지 않는 할머니 사랑

단감나무에 감꽃이 필 때도
석류나무에 석류꽃이 필 때도
앵두꽃이 피는 날에도
토실하게 익어오면 먼저 먹여 주신 할머니

하얀 눈이 장독에 수북하게 쌓이고
문고리에 손이 시리게 달라붙으면
샛강 물이 꽁꽁 얼어 썰매 타러 갈 때
털목도리 벙어리장갑 솜바지 챙겨주신 할머니

글공부해야 한다며 서울로 보내주신 할머니
불현듯 성급하게 찾으시는 아버지
"할머니가 어서 오라 하신다"
숨차게 달려왔을 때는
기다리시다가 지쳐 잠자는 모습으로
하늘이 무너지고 땅이 꺼졌습니다

오월이 오면 지극한 할머니 사랑에 밀려
자식 사랑을 눈으로만 하시다가
효성 지극한 아버지 어머니 인자한 성품으로
머리 하얀 아들 홀로 두고
할머니 할아버지 찾아가신 날이 다가옵니다.

봄이 오는 소리

겨우내
아랫목에 깔아 둔 외할머니 솜이불
수삼 년 소식 끊긴 시집보낸 막내 손녀
아지랑이 피어나는 뒷마당 햇빛 뜰에서
탁탁 이불 털어 대는 소리

눈 쌓인 초가지붕
백설과 이별이 서러워
고드름 녹아 눈물 되어
뚝뚝 떨어지는 소리

뻐꾹새 수놈 한 마리
머리 흔들거리며 꾹꾹거리고
뒤뚱뒤뚱 걸어가다가
꾹꾹 꾸르륵 꾹 꾸르륵 우는 소리

발자국도 사라진
눈덮인 산기슭 외딴 초가집
창호지 문틈으로 비집고 들어와
옛정에 빠진 마음 한기 든다.

제3장

병원 안심 동행

　나는 이곳으로 이사 온 지가 6개월여 이곳의 생활 여건과 주위 환경에 서툰 편이다.

　나이 85세라는 탓은 아니라도 젊은 시절보다 생활면에서 건강 문제에서 50% 이상 인지 능력이 감소됐다고 해도 과언이 아니다. 그래도 아직은 어느 누구보다도 건강한 편이라고 장담을 하는 편이라 나이보다 10년은 젊어 보인다고 한다.

　아침을 먹고 외출을 하려는데 갑자기 어지럼증이 나고 속이 매스꺼워 잠시 기다렸지만 그치지 않아 아무래도 이상증세로구나 싶어 급한 대로 가까운 수서종합복지관을 찾아가서 안면이 두어 번 있는 소중혁 복지사를 만났다. 내가 아프니 나를 논현동 가끔 간적이 있는 박정이 내과에까지 데려다주기를 요청했더니 그렇게 하겠다고 하였다.

　내가 사는 아파트 출입구 게시판에 「1인 가구 병원 안심 동행」이란 홍보지를 본 일이 있었는데 혹시 몰라서 핸드폰에 입력을 해 둔 생각이 났다. 돌아올 때는 그 동행자를 이용하면 되겠다 하고 기다리는 중에 전화를 하였더니 바로 연결이 되어 안심이 되었다. 그리고 소중혁 복지사가 운전하는 차를 타고 박정의 내과에 도착하였다. 병원에 들어서니 김구현이라는 분이 기다렸다는 듯이 반갑게 맞이한다. 그리고 나는 원장실에서 진료를 받으며 자세한 상담과 그에 따른 치료를 마치고 휴게실에 있으니 병세는 많이 호전되어 살 것 같았다.

병은 의사와 상담하는 것이 우선이라는 것을 잊어서는 안 됨을 다시 인식하게 되었다.

처방전을 받아서 김구현 선생과 병실을 나와 약국으로 가는데 나보다는 훨씬 젊은 나이로 보여 동행에 의지해도 안심이겠다는 생각으로 같이 손을 잡고 이동하였다.

약국에서 나 대신 약을 챙겨 주며 지하철 승차장까지 손잡고 이동하는 모습은 마치 부자지간의 모습으로 충분히 인식이 되었다고 생각을 한다. 생면부지 남과 짧은 시간에 늙은 손과 젊은 손을 마주 잡고 살살 이동하는 모습은 마치 아들의 효심을 연상하게도 한다. 아무리 직업적 일지라도 나이 든 노인에게는 직업의식보다 공경 의식이 앞서야 보기도 좋으며, 서로가 마음이 따뜻해서 아픔보다는 앞서서 쉽게 치유되리라 생각하니 참으로 고맙고 따뜻한 시스템이 아닐 수 없다. 우선 우리나라의 복지가 최상급이구나 하고 자찬해 본다.

아무리 좋은 복지 제도라 하여도 이용할 수 있어야 하고 이용하도록 백방으로 홍보를 해야 할 것으로 미루어 생각을 해 본다.

내 나이 85세면, 일제 강점기부터 6·25 전쟁으로 우리나라의 현대사 속에서 산전수전 다 겪으며 살아온 인생인데 참으로 우리나라의 복지는 엄청난 발전을 하여 세계 어느 나라보다도 앞서 있다고 자평하고 싶다.

먼저 복지에 관심을 가지고 운영하시는 기관에 감사를 한다.

매실 집 여인

꽃이 먼저 피는 매화꽃이
앙증스럽게 송이송이
가지마다 가득한 모습
엄동설한 동면한 새가슴 속을
살살 녹여 주네

건강 보조 식품으로
가족 건강용으로
밭두렁에 두어 그루
심어 놓으신 조상님

대대로 유산처럼 가꾸다 보니
이 골짝 저 골짝에 매화 동산이 되어
봄이 오는 소리 들으려고
사방팔방에서
매화꽃 구경하려고 구름 떼를 이루네

거름 퇴비 주고
가지치기로

탄실한 매실로 자라

임도 보고 뽕도 따는 마음
6월이 되면
덜 익은 매실로
매실청 만들고

이제는
매실나무가
가업으로 역사를 이루니
매실청 만들어 모두에게 건강 챙겨드려요.

고독(孤獨) 고독(苦毒) 그리고 고독(蠱毒)

장맛비가 낮과 밤을 잊고
화풀이하듯 양동이로 빗물을 마구 쏟는다

고독(孤獨)이 고독(苦毒)을 잃고 창문 거미줄에
걸쳐 있는 다른 고독(苦毒)을 위로하듯
앞가슴팍에 노랑 리본을 달아 준다

고독(孤獨)은 항상 홀로 움직인다
어느 날 명상(瞑想)을 등에 업고
고독(孤獨)이 또 하나의
고독(苦毒)을 잉태(孕胎)한다

맑은 석양의 하늘에 미스터 트롯이
할머니의 골 깊은 고독(孤獨)의 먹이가 된다

별도 잠든 고요한 밤에 침대 위
고독(蠱毒)의 의상(衣裳)을 난도질하면
그 고독은 장의차(葬儀車)에 실려
훨훨 구름 타고 사라진다.

까치 소리

키 큰 나목들 입춘 햇빛으로 목욕하고
지난여름에 분주하게 일 마치고
누런 옷으로 갈아입고
멀리도 못 가고
어미 그늘에 차곡차곡 쌓였다

눈비 맞으며 잘 숙성하여
새잎 피는 날
풍성한 먹이 주려고
먼 데도 못 가고 가까이 지켜 온 정성

누런 잔디 사이로 열병식처럼
떼 지어 솟아난 쑥부쟁이들
어머니 살아 계셨으면
쑥국도 쑥개떡도 몇 번은 먹었을 텐데

수서역 옥상 주차장
아들 손자들 허리 굽은 할머니와
이별 인사한다

할머니 뒤를 보며 손짓하는데
혼자서 어디로 가시려고 손 인사하시나
아들 손자들은 타고 온 차 타고 떠나간다
까칠한 나목에 앉은 까치 소리가
유난하게 크게 들린다.

죽부인(竹夫人)

검정 면(綿) 이불을 김밥처럼 둘둘 말아서
침대 우측에 놓았어요
그리고 태초에 인간을 창조하듯
내가 조물주인 양
입김을 호 하고 불어 보았어요
아직은 아무런 반응이 없어요
오른쪽으로 돌아누워 왼손을
검은 죽부인 가슴에 살짝 놓고
심폐소생을 확인해 보았어요
남자인지 여자인지도
이름 지어 보지도 아니하였으니
가슴 언저리는 이상한 생각을 못 했네요
몸집은 선녀처럼 날씬하고
키는 나보다 약간 작아서
머리 부분이 내 눈 아래쪽에 있네요
여성이라면 신(新) 여성형은 아닌 듯하네요
내가 침대에 누우면 항상 나의 우측에 있어요

내가 외로울 때 항상 옆에 있어 준 그대

내가 슬퍼할 때 옆에 있어 준 그대

내가 잠이 쉽게 들지 못해

왼손을 살포시 옆 죽부인 가슴

위에 놓아도 아무 반응은 없어도

따뜻하고 포근한 어머니

가슴 같은 느낌을 주어

더 가까이 다가드는 나의 동심은

여기서만 하는 듯해요

그 어떤 표정도 표현도 하지 않아도

무조건 어머니를 의지하듯 믿어져요

속이 꽉 찬 죽부인은

침대 속을 항상 따뜻하게 지켜 줘요

피에타(pieta)*가 된 죽부인이 옆에 있으니

잠자리는 평온하고 마음 든든합니다.

* 피에타: 죽은 예수를 안고 비통해하는 성모상.

이별(離別)

긴긴 세월
어렵게 시작하여
마음 놓고 살아 보지 못하고
노심초사
성치 못한 자식 걱정으로

창졸간(倉卒間)에 세상 떠나
장례식장 냉동고에 잠든 모습
가족들 단장의 슬픔
혼미한 정신으로
무아경이라

무상한 것이 인간사라지만
편한 마음 다스리며
간서치(看書癡)도 좋다 했는데
성미 급한 천성으로
서둘러 앞장서는가.

* 창졸간(倉卒間): 갑작스런 순간에.
* 간서치(看書癡): 지나치게 책을 읽는 데만 열중하거나 책만 읽어서 세상 물정에
  어두운 사람을 낮잡아 이르는 말.

단풍나무 일생

겨우내
앙상한 가지로 버텨오던 가지에
파란 잎
새싹 눈 티우고
뜨거운 여름엔
푸짐한
그늘막 만들어 주다가
하늬바람 오는 날
붉은 옷으로
갈아입고
찬 서리 오기도 전에
이별가로 작별하는
너의 모습이 가슴 쓰리다.

할머니

허리를 펴 보지도 못하고
폐품 수거하여 돈을 번다는
모습을 보는 이의 심기에 눈물이 고인다.
우리나라의 복지제도가 크게 선진화되었다
해도 할머니의 마음은 예나 마찬가지로
절약과 한 푼이라도 더 벌고 싶은
마음은 변함이 없다.

사랑에 대하여

알무스타파(Almtafa)는 말하였다.
"사랑이 당신을 손짓하여 부르거든
그를 따라가세요.
비록 그 길이 험하고 가파를지라도
그리고
사랑의 날개가 당신을 감싸 안거든
그에게 몸을 맡기세요
비록 그 깃털 속에
숨겨진 칼이 당신을 상처 입힐지라도
그리고
사랑이 당신에게 말하거든 그를 믿으세요
비록 그 목소리가 마치 정원을 폐허로 만드는
북풍과도 같이 당신의 꿈들을
산산조각 낼지라도
사랑은 당신에게 왕관을 씌워 주면서도
당신을 십자가에 못 박을
것이기 때문입니다"

나는 사랑이 눈뜨기 시작할 때

사랑의 아름다운 손짓에

마음과 손이 먼저 갔지요

그리고

온몸을 다하여 사랑으로 사랑의 말을 믿으며

사랑은 나에게 삶의 왕관을 씌워 주었지요

어느 날 사랑은 세상 밖으로 나가고

남은 가시에 몸과 마음이 찔려

상처를 남기고 말았지요

그리고

사랑이 가 버린 자국에서

십자가를 들고 외로이 서 있었습니다.

* kahlil gibran's the prophet에서 알무스타파(Almustafa)가 오르팔리스(orphalese) 성(城)에 열두 해를 머물다가 그곳을 떠나던 날 하는 말 「예언자」의 일부 문장이다.

가을이 오는 소리

강렬한 태양 아래
눈부시게 꽉 찬 들녘
곡식 익어 가는 소리

해 질 녘
노을 굽이쳐 흐르는 강물
살찐 피라미 유영하는 소리

열기 물러난 자리
사각이며 춤추는 갈대밭에
노랑부리저어새 걸어가는 소리

가을이 오는 소리
가을이 오는 소리

건들 팔월
작달비 그치고
갈바람 성급히 오는 소리

아버지 밤밭에 알알이 익어 가고
어머니 감나무밭에
연시로 주렁주렁 익어 가는 소리

앞마당 뒤뜰에
가을걷이 작은 동산 이루고
참새 떼 몰려와 배 채우는 소리

가을이 오는 소리
가을이 오는 소리.

덕불고(德不孤)

핸드폰에 문자가 왔다.

보니 친지의 별세 내용이다.

아니 엊그제 통화하여 안부도 나누고 간단한 대화로 정상적인 마무리를 했는데, 이것이 어찌 된 일인가?

나보다 3살이 아래지만 가까운 친지로 여겨 왔으며 나와 같이 있을 때는 반드시 경어를 사용하여 예의범절이 확실한 인격자라 믿고 나 역시 존경하는 관계인데 별세 소식을 접하고 보니 먼저 충격적이다.

인생은 유한한 것으로 누구나 세상과는 이별을 해야 한다지만 100세를 살고 하직해도 슬퍼하고 더 살지 못하고 별세를 하였다고 슬퍼하는 것이 인간 본연의 욕심인 것으로 부인할 수 없는 작은 욕망이기도 하다.

인간이나 생명체는 영원불멸은 없다고 생각한다. 태초에 생명을 부여받고 태어날 때부터 조건이 아니고 원칙인 것은 하나의 진리 같은 보편적 이치라고 생각한다. 그래서 보통 '돌아가셨군요'라는 말을 사용하기도 한다. 즉 돌아갔다는 것은 출생 이전의 곳으로 갔다는 말이기도 하다.

고인이 된 지인은 평소 공정(公正)과 평등(平等)을 그리고 자유(自由)를 신념으로 생활하는 모습으로 주변의 신뢰를 받고 있었다.

다른 지인과 연락하여 영안실에 가서 보니 1남 2녀로 비교적 다복한 가정 분위기로 보인다.

쉽게 볼 수 있는 것이 얼마나 많은 사람이 애도하는가를 영안실에서 알 수 있으며 근조화환을 볼 수 있다. 이날은 무려 30여 근조화환이 입구에 있었고 지역 국회의원과 출신학교의 근조기가 같이 나란히 서 있는데 역시 평소의 행실에 존경과 관계성을 바로 평가할 수 있었다. 사망한 지인의 부인의 말에 따르면 밤 10시경에 가슴이 답답하고 열이 난다 하여 인근 병원에 갔더니 큰 병원으로 가라 했단다. 20여 분 서둘러 가는 도중에 심장마비로 운명했다는 의사 진단으로 확인이 되었다 한다.

바로 드는 내 생각은… '아하 나이 들면 병원이 가까워야 우선 긴급 상황을 해결할 수가 있겠구나.' 했다. 지금은 119시스템이 잘되어 있어서 연락하면 즉시 출동을 하고 병원도 쉽게 물색하여 빠른 시간에 진찰 받을 수 있는데, 공기 맑고 주변이 좋은 지방 같은 곳에는 자연 환경이 좋아서 우선은 생활에 신선미가 있기는 하지만 가족들의 건강상 문제가 발생 시에는 문제로 생각을 하게 된다.

나는 어려서부터 부모님이 이웃에게 봉사적인 사랑을 실천하는 모습을 보았는데 살다 보면 애경사에 그 반응을 쉽게 판단할 수 있었다.

내가 할 수 있는 능력 범위에서 이웃을 챙기면 평소에는 잘 모르지만 내가 힘들 때는 주변에서 모두 도와주어 쉽게 처리하는 경우도 있었다. 그래서 덕불고(德不孤) 필유린(必有隣)이란 말이 하나의 격문이기도 하다.

세상을 등진 사람이 무엇을 알겠는가마는 장례식장을 보면 그 사람이 살아서의 행적을 알 수 있어 결국 그 후손에게도 위로와 존경의 마음을 가지게 된다고 평하고 싶다.

벌써 지난 이야기이지만 문교 계통의 고위 공직자이신 분이 작고했는데 장례식장에 가 보니 아무도 조문객이 없이 달랑 부인과 두 자녀만이 장례식장을 지키고 있었다고 한다. 그 이야기를 듣고 그분이 살아생전에 지인들과의 관계가 극도로 배척 대상으로 오직 독불장군 행세를 하였으며 찾아가는 후배들에게도 차 한 잔을 대접하는 일이 없었으며 본인의 실력으로 고위직을 유지한 것처럼 과시했다고 하는 비하인드 스토리가 살아서도 간간이 들렸지만, 사후에는 입소문이 파도처럼 번져서 안타까운 인생의 종말을 본 듯하였다.

이런 사연을 비교한다면 지인의 별세는 슬픈 사연이지만 살아서 이웃과의 연계성을 보니 참다운 삶을 살았구나 하고 명복을 다시 한번 기원하였다.

허상(虛想)

손에 넣으면
깨질세라
마음 쓰이고

놓으려 하면
다칠세라
근심 쌓이네

한시도
떨어져 살 수 없는
보물단지

오늘따라
시간을 재촉하며
오라 했건만
나 몰라라 하면서
되돌아갔다네

허무하고

매정하게

떨어져 나간

뜨거운 사랑 노래

추억으로 간직하노라.

태양(太陽)이 없으면? 또는 공기(空氣)가 없다면? 가정(假定)을 해서라도 생각을 해 본 적이 있습니까?

바보 같은 질문이다. 태양이 없고 공기가 없다면 인간뿐 아니라 만물(萬物)이 존재할 수도 없다고 쉽게 답할 것이다. 그런데 이런 존재의 가치에 감사를 가져본 적이 있나요? 태양과 공기가 있으니까 만물이 존재(存在)하는 것 아닌가요? 그렇다. 태양과 공기가 먼저 존재해서 부수적(附隨的)으로 창조(創造)된 것이 생명체(生命體)이다.

우리 생활에서 숫자가 없었다면 불편했겠지요?

시대와 나라에 따라서 숫자의 발견과 변천사를 보면 다양하다.

이집트의 숫자, 그리스 숫자, 로마 숫자, 중국 숫자, 아라비아 숫자 등등 많은 숫자가 있는데, 이와 같이 숫자의 표기는 점진적으로 진화(進化)하다가 인도 사람들에게서 획기적인 전환을 이루게 되어 숫자가 어디에 위치하는가에 따라 자릿값을 갖는 위치적 기수법(記數法)의 아이디어를 생각해 낸 것이라고 한다. 지금의 숫자는 이러한 표기법을 생각해 낸 인도 사람들이 아라비아로 전파한 것이기에 엄밀히 말해서 인도-아라비아 숫자라고 해야 한다는 것이다. 하지만 인도는 생략하고 아라비아 숫자라고 부른다고 한다.

지금 우리는 아라비아 숫자를 공기처럼 필요 충분한 존재로 사용하고 있다.

그렇다면 수를 다루는 학문에서 그 가치(價値)와 범위(範圍)를 생각할 수 있다고 생각해서 살펴보기로 한다.

수(數)라고 하면 실수(實數)와 허수(虛數)가 있다.

이것을 복소수(複素數, a+bi)라고 표현하기도 한다. 그리고 실수(實數)는 유리수(有理數)와 무리수(無理數)가 있으며 유리수에는 정수(整數)와 분수(分數)가 있다. 그렇다면 무리수는 무엇이라고 하는가?

간단하게 말하자면 분수로 표시되지 않는 소수(小數)라고 할 수 있는데 소수에도 유한소수(有限小數)와 무한소수(無限小數)가 있는데 유한소수 또는 순환소수는 분수로 표시할 수 있지만, 무한소수는 그러니까 순환(循環)하지 않는 소수는 무한소수로 무리수라고 생각해야 한다. 즉 피타고라스학파가 발견한 수(무리수)는 끝을 알 수 없는 수라고 한다.

실수(實數) 중에서 유리수(有理數)가 아닌 수. 즉, 두 정수(整數) a, b의 비(比)인 꼴 a/b(b≠0)로 나타낼 수 없는 수를 말한다.

정수와 분수를 하나로 정의한 유리수 체계에서는 그 안에서 이루어진 사칙(四則) 연산의 결과는 모두 유리수이다(단, 0으로 나누는 것은 제외). 이와 같은 사실을, 유리수체계는 사칙연산에 닫혀 있다고 한다.

유리수를 계수(係數)로 하는 이차방정식은 유리수의 범위에서 반드시 해를 갖는다고 할 수 없다.

예를 들면, 이차방정식($ax^2 + bx + c = 0$)의 근은 $x = -b \pm \sqrt{b^2 - 4ac}/2a$로 구할 수 있다.

피타고라스의 정리에 따르면, 직사각형에서 (밑변의 길이)^2+(높이)^2=(빗변의 길이)^{2}이므로, 대각선의 길이 x를 구하려면 $1^2 + 1^2 = x^2$의 해를 찾아야 한다.

이를테면 한 변의 길이가 1인 정사각형의 대각선(對角線)의 길이를 구하는 이차방정식의 근 $\pm\sqrt{2}$는 정수도 아니며, 분수도 아니다.

여기서 어떤 수 x를 제곱하여 2가 되게 하는 x의 값을 찾아야 하는데, 이 수를 계산해 보면 순환하지 않는 무한소수 1.4142…이다. 즉 분수의 꼴로 표현할 수 없는 수, 유리수가 아닌 수인 것이다. 수학자들은 이러한 수를 '무리수(無理數)'라 하고 이 x를 $\sqrt{2}$로 표시하였다. 이와 같이 유리수가 아닌 실수, 순환하지 않는 무한소수를 무리수라 한다.

일반적으로 원주율 π 또는 자연로그의 밑으로 쓰이는 e와 같은 유리수가 아닌 수를 무리수라고 한다.

무리수를 간단한 예로 들면

$\sqrt{1}=1$

$\sqrt{2}=1.41421$--

$\sqrt{3}=1.73205$--

$\sqrt{4}=2$

$\sqrt{5}=2.236$--

$\sqrt{6}=2.44949$---

$\sqrt{7}=2.645$--

$\sqrt{8}=2.8284$--

$\sqrt{9}=3$

$\sqrt{10}=3.1623$--와 같이 풀어보는데

소수 자체는 무한인데 줄여서 쓴 것이다.

그리고 제곱이 되는 수는 정수로 고쳐 쓴다.

예를 들면

$\sqrt{4}=\sqrt{2^2}=(2^2)^{\frac{1}{2}}=2$와 같이 풀이할 수 있다.

중학생이 되면 배워야 하는 수의 범위인데

$\sqrt{2}$에서 $\sqrt{10}$까지의 값을 알면 제시된 문제에서 쉽게 풀을 수 있다.

예로 $\sqrt{40}=\sqrt{4*10}=2\sqrt{10}=2*3.1623=≒6.3246$이다.

우리가 일상생활에서 쉽게 사용하는 무리수(無理數)의 개념(概念)은 보편적(普遍的)인 이치(理致)에 맞지 않거나 감당하기 어려운 생각 또는 행동을 비유적(比喩的)으로 이르는 말로 쓰인 말이다.

"당신이 주장하는 내용은 해답이 모호한 무리수라고 할 수 있다."

제4장

6월의 마지막 날

아침 해는 소리 없이
나보다 먼저 떠 있고
무더위는 지칠 줄도 모르고 대지를 압박(壓迫)한다

아침인가 하면
벌써
저녁이고

월요일인가
했더니
금요일이네

덥다 해서
보니
12일이 초복이었고

덥다 했더니
돌아보니
말복이 22일이었다

고속도로 위

자동차들

희로애락(喜怒哀樂)을 하나씩 싣고 가겠지

현관(玄關)의 어항 속 금붕어들

쉼도 없이 움직인다

그들도 희로애락(喜怒哀樂)이 있을까?

텃밭에

오이고추 나무
무성한 잎들이 고사(枯死) 직전이다

텃밭에 상추 씨앗 뿌린 지가
엊그제인데
다 자라서 씨앗을 만들고 있다

세월이 빠른 건지
내 삶이 느린 건지
어느새 6월 말이네

콧수건 달아주던 아들
오늘
정년퇴직을 한다는데

그 많은 세월
해 놓은 건 하나도 없는데
허무한 세월이 세어 보니 82라네

삶의 어둠이 시나브로 다가와도
사는 동안
아프지 말고

마음은 그대로인데
거울속의 내 얼굴은 늙어 있다
모든 이들을 사랑하며 살고 싶다.

호명호(虎鳴湖) 답사기(踏査記)

　서울에서 지하철 7호선을 타고 상봉역까지 가면 상봉역에서 춘천(春川)행 지하철을 다시 갈아타고, 상천역에서 하차(下車)를 한다. 그리고 기다렸다가 호명호까지 운행하는 마을버스를 타면 바로 가는데, 이 마을버스가 아니고 승용차나 다른 전세버스를 타고 간다면 산 중간 지점의 통제(統制)소 주차장에 주차하고 역시 정상을 운행하는 마을버스를 타야만 갈 수 있는데, 등산(登山)을 좋아하는 사람들은 걸어서 정상까지 가는 경우도 많이 볼 수 있다.

　상천역에서 마을버스를 타고 가노라면 산 중턱 부분에 찻길을 내어 굽이굽이 가는데 길은 차 한 대가 갈 정도의 폭으로 되어 반대편에서 오는 마을버스가 있으면 넓은 곳에서 기다렸다가 가는 편이라 더욱 위험성을 느끼게 된다. 마을버스가 좁은 길을 굽이굽이 계곡(溪谷)을 돌고 돌아갈 적마다 내려다보이는 산세는 웅장한 모습과 험준한 계곡이 가슴을 쓸어내린다. 차창으로 보이는 창밖의 산의 모습은 여러 종류의 나무들이 거침없이 자유롭게 자라서 밀림과 숲을 이루고 있는 것은 마치 험준한 밀림의 숲을 탱크를 타고 가는 군대 시절의 감성이 순간 스쳐 간다.

　우거진 숲들의 군림은 호랑이가 으엉-- 하고 꼬리를 내리고 입을 크게 벌리며 무서운 모습으로 금방이라도 나올 듯한 분위기다. 예전에는 호랑이가 살며 큰 소리로 울면 산천초목(山川草木)을 겁주던 시절에 지어진 산의 이름으로 호명산(虎鳴山)이라고 전해 온다.

몇 굽이를 돌아서 왔는지 셀 수도 없지만 마치 하늘 끝까지 오르는 기분으로 가슴이 두근두근 설렌다.

차에서 내려 10여 발자국을 가니 산 정상에 그 넓은 호수(湖水)가 눈을 의심하게 한다.

도대체 이런 광경은 마치 백두산의 천지연(天池淵)을 연상하게 한다. 말을 이을 수가 없이 호수 주변을 보고 싶은 호기심이 발동하여 하나씩 둘러보는데 호수 주변을 타고 움직이게 하는 자전거도 있고, 4륜 자전거 같은 전기바이트도 있으며 오락 기구도 여기저기 마련되어 있다.

호수 주변을 공원(公園)으로 조성하여 방문자들의 휴식(休息)공원으로, 생활에서 찌든 감성(感性)을 힐링하기에 너무나 좋은 곳으로 소문난 장소이다.

올라오는 중간중간에 휴양 시설(休養施設)과 음식점들도 있어서 휴양하기에 아주 좋은 장소라 할 수 있다.

한국 최초의 양수(揚水)발전소인 청평 양수발전소는 상부에 양수발전을 위한 물을 저장하기 위하여 인공적으로 조성한 호수로서 47만 9,000㎡의 면적으로, 수려한 산세와 드넓은 호수가 아름다운 경관(景觀)을 빚어내 마치 백두산의 천지연(天池淵)으로 가평 8경(景) 중의 제

2경으로 손꼽힌다고 한다.

청평 양수(揚水)발전소(發電所)는 가평군 가평읍 복장리에 있는 설비 용량 40만kW로 한국 최초의 양수식 지하발전소로 청평댐을 하부(下部) 저수지로(貯水池路)를 이용하고 해발고도 535m의 호명산(虎鳴山) 정상에 상부(上部)저수지를 축조하여 유효 저수량(貯水量) 240만 8,000t의 물을 양수로 저장하였다가 낙차(落差) 발전함으로써 하루 6시간 240만 kWh의 전력(電力)을 생산한다고 한다.

1975년 9월에 착공(着工)하여 5년 가까이 어려운 공사 끝에 1979년 10월에 1호기를, 1980년 1월에 2호기를 각각 준공(竣工)하였다. 심야(深夜)의 잉여(剩餘) 전력을 양수(揚水) 동력으로 이용하여 수요(需要) 때 발전기를 가동함으로써 부하율(負荷率) 개선에 기여하였으며, 국내 부존자원(賦存資源) 개발과 건설 기술 배양에도 크게 기여(寄與)하였다고 한다.

나는 친구와 승용차로 시티 투어(city tour)를 2박 3일로 시작하여 후버댐(Hoover Dam)까지 보게 되었다.

그 넓은 땅덩어리를 골라 보기에도 끝이 없어 대충 유명한 자유의 여신상(Statue of Liberty)과 그랜드 캐니언(Grand Canyon)의 계곡 그리고 육군사관학교와 라스베이거스(Las Vegas)의 호화찬란한 도시를 보면서 라스베이거스와 가까운 후버댐을 보게 되었다. 댐 주변을 차로 보면서 댐 위를 지나기도 하였는데 엄청 큰 규모의 댐으로 마치 바다를 보는 듯하였다.

후버댐(Hoover Dam)은 미국 네바다(Nevada)주와 에리조나(Arizona)주 경계에 있는 콜로라도강(Colorado River) 중류의 그랜드 캐니언 하류, 블랙캐니언에 있는 높이 221m, 길이 411m의 중력식 아치 댐(arch dam)이라고 하는데, 이 댐이 완성되자 길이 185㎞의 인공호수(人工湖水)인 미드호(Lake Mead)가 생기게 되었다고 한다.

후버댐의 수원(水源)인 콜로라도강은 로키산맥(Rocky Mountains)으로부터 캘리포니아만(Gulf of Californi)에 걸쳐 2,253km를 흐르면서 미국 서부의 건조(乾燥)한 지역에 물을 공급하는 역할을 하고 있는데, 서부 개척이 시작되고 인구가 증가하면서 물 확보가 중요하게 되었으며, 19세기와 20세기 초에 봄과 여름에 녹는 눈으로 낮은 지역의 농토와 낮은 지역에 침수(浸水)되었다.

반대로 늦여름이나 초가을에는 하천(河川)의 수량이 부족하여 물 공급을 할 수 없게 되어 결국 홍수(洪水)를 조절하고 갈수기(渴水期)에 적정한 물을 확보하기 위하여 콜로라도강(Colorado River)을 다스릴 프로젝트로 1931년에 시작하여 1935년 9월 30일 프랭크린 D. 루스벨트 대통령(제32대 대통령, 1933~1945)은 볼더 댐(Boulder Dam)으로 준공(竣工)을 선언하였다.

1947년 미국의 제31대 대통령(1929~1933)을 역임한 허버트 후버(Herbert Clark Hoover, 1874. 8. 10.~1964. 10. 20)를 기념해서 후버 댐으로 개칭(改稱)하였다고 한다.

1961년 이후에는 발전기가 상업 발전을 하게 되었고, 당시에는 세계 최대 규모의 전기(電氣) 설비(設備)이자 세계 최대 규모의 콘크리트 건축물(建築物)로 불록 모양으로 댐을 분할 시공하는 등 획기적(劃期的)인 기술을 개발하여 비약적인 발전을 촉진했다는 것이다.

호명호와 후버 댐을 비교할 수는 없지만, 규모는 방대(尨大)하여 보는 사람으로 하여금 가슴 설레게 한다.

선진국의 엄청 큰 규모의 후버 댐(Hoover Dam)과 우리나라의 호명호(虎鳴湖)는 전기를 생산하기 위하여 건설하였는데, 우리나라의 국력(國力)의 저력은 과시할 만한 업적으로 평가하고 싶다.

건설 현장에서 어려움이 이만저만이 아니었을 것으로 생각을 해 보지만 많은 애로사항을 극복(克復)하면서 완공한 호명호(虎鳴湖)와 후버댐(Hoover Dam)은 지금으로서는 유일무이(唯一無二)한 한국과 미국에서 나라와 국민을 위한 국익(國益) 사업으로 그 가치가 하나의 보물(寶物)이 되었다.

사랑의 둥지를 (봉은사 언덕에서)

효심(孝心)의 밧줄로
어설픈
사랑의 둥지를 만들고 만가(輓歌)를 불렀다

눈꽃 송이송이 휘몰아 밀려와
저주(咀呪)의 송곳에 찔리고
사랑이 미움으로 잉태(孕胎)되었다

돌아서면 될 것을 눈물 녹여 가며
만리장성(萬里長城)을 외롭게 쌓으니
사랑도 미움도 모두가 불타 재로 남았다

허전한 마음 달래 보아도
사랑 못한 아쉬움이 천근만근(千斤萬斤)
지울 수 없는 사랑의 상처

말로 다 할 수 없는
허무한 서러운 사랑을
이 마음 누가 알까

사연도 많은 삶이지만
카타르시스로 그 애절한 가슴 저밈을
녹여 주는 그리움을 얻게 되었다

사랑의 둥지 비익조(比翼鳥) 되고
사랑의 연리지(連理枝) 만들며
사랑의 춤사위를 꺼이꺼이 추고 싶다.

* 카타르시스: 정화·배설을 뜻하는 그리스어, 비극은 감정의 카타르시스를 행한다
고 말했다.
* 비익조(比翼鳥): 전설 속의 새이다. 암컷과 수컷이 눈과 날개가 하나씩이라서 짝
을 짓지 않으면 날지 못한다는 새로 뿌리가 다른 나뭇가지가 서로 엉켜 마치 한
나무처럼 자라는 현상을 뜻하기도 한다.

삼복(三伏)의 추억

장독대 항아리를
아침저녁으로 쓸어 주고 닦아 주고
어머니 손 마를 새 없다
해묵은 간장 된장 부글부글 뚜껑이 들썩인다
익모초 한 다발 가시나무 두 다발
모깃불 피어두니 연기 따라 모기들 사라지고
짙은 여름밤의 풀 내음
짠 내를 짊어지고 단내로 코털을 흔들어 준다
텃밭의 오이 어머니 손맛으로 냉국 되어
등줄기를 식혀 준다

꼬불꼬불 신작로
시내버스 출근 차
오라이~ 차장이 외치면
출입문에 메달려 곡마단 쇼를 한다

네 몸 내 몸 맞물려
땀 물 윤활유 되어
체온이 오르고 올라

향긋한 향수 냄새가 녹아 흘러
살갗타고 들어 이마에 올라
구슬땀 방울방울 젖가슴을 적신다

먼 길 떠나던 날 장맛비 피하려고
들어선 객줏집
2호실 마주 칸 3호실은 싸구려 빈칸
아이고 아이고 알토 소리
호호호 소프라노 소리
귓볼이 의심타
번갈아 연속성은 그칠 줄 모른다
이상타 했더니
2호실은 특급으로
TV도 에어컨도 냉장고도 침대도
모든 것이 빛을 낸다

37℃ 기온은 주야를 모르고
창살 없는 토굴에
화덕 열기를 더해

육신을 녹여 낸다

냉수는 힘을 잃고

모기는 극성으로 식욕을 외친다

시침과 분침은 60 고개로 요술을 부리고

하늘인지 천장인지 롤러코스트

귀머거리 장님으로

천당과 지옥이 분주하다

이래도 인생은 행복하단다.

복(伏)날인데 복(福) 먹으러 간다

"친구야 오늘 복날인데 복 먹으러 가세나."

평소에 가까이 지내는 고등학교 동창생인 동갑네가 전화를 했다.

오늘이 중복(中伏)인 22일인데 초복(初伏)에도 유원지에 가서 오리 백숙을 먹었는데 중복(中伏)에도 몸에 좋은 보양(保養)식을 하자는 것이다.

어제오늘이 아니라 요즘 날씨가 30도를 오르내리니 어린이나 노인 들에게는 힘든 하루가 된다.

가끔 일상적인 내용과 문학적(文學的)인 대화를 나누는 젊은 지인 (知人)이 아침 일찍 전화가 와 만나기를 원하여 쾌히 응하고 약속 장소에 나갔다가 복날이라 해서 같이 닭곰탕집에서 푸짐하게 식사를 한 후라 대답에 어색한 마음으로 오늘은 혼자 식사하고 다음 날 만나기로 답하고 보니 미안한 생각이 앞서서 다음에는 내가 먼저 전화를 해야지 하고 내 마음을 달래 보았다.

나와 그 친구는 시골에서 농부(農夫)의 자식으로 일제 강점기(日帝强占期)에 태어나서 성장기는 완전히 시골 무지렁이 소년의 모습이 완연했다. 초등(국민학교)학생 시절 그러니까 1학년의 교육은 일본인 교사가 담임 선생으로 지도 감독을 하여 일본식 교육의 잡생각이 생생하게 남아 있어서 가끔 일학년 학교생활의 힘들고 어렵게 했던 기억이 난다.

그 시절의 시골 생활은 곤고(困苦)하여 어느 누구나 식생활에 전 가족이 바쁘게 하루하루를 산 셈이다. 그러니 복날이라 해서 몸보신을 하기 위하여 몸에 좋은 특식을 한다는 것 자체가 호화스런 생각인데, 마을마다 크고 작은 모임을 통하여 별식(別食)을 하자 해서 손쉽게 얻을 수 있는 것이 누렁이 토종 멍멍이뿐이었다.

어느 집이나 토종 멍멍이를 한두 마리는 기르고 있으니 마을 사람들의 멍멍이에 대한 마음은 넉넉한 편이다.

그래서 가격을 논하기에 앞서서 마을에서 잘 길러진 것을 택하여 도살(屠殺)하게 되는데 보양식품으로는 가장 좋은 먹거리로 손꼽는 존재이기도 하다.

그 시절에는 멍멍이를 애완견(愛玩犬)이나 반려견(伴侶犬)이란 이름을 붙여서 부르거나 기르는 사람은 어디에도 없었다. 그리고 마을에서 기르는 멍멍이는 오늘날 기르는 애완견처럼 작고 귀엽고 앙증스러운 사랑 재롱을 부리는 그런 종류가 아니었다. 덩치도 크고 먹이도 잡종으로, 크게 성장하면 토실토실해서 무게도 많이 나가, 한 마리를 잡아놓으면 웬만한 마을에선 큰 잔치를 치룰 수 있는 물량이 된다.

마을마다 인근 냇가나 그늘진 정자나무 밑에 멍석을 깔고 가마솥을 걸고 어른들도 어린이들도 다 모여 천렵 잔치를 시작하는 것이 잠시나마 삼복더위를 피하고 노동력을 재충전하는 마음으로 모두가 합심하여 마을 잔치 비슷한 하루를 보내는 것이다.

김삿갓(본명 김병연)의 시 중에서 〈천렵(川獵)〉이 생각난다.

"작은 시냇가에
솥뚜껑을 돌에다 걸어 놓고

흰 가루와 맑은 기름으로
진달래꽃 전을 부처

젓가락으로 집어 먹으니
꽃향기가 입 속에 가득하고

한 해의 봄기운이
배 속으로 전해 오네."

사실 내용물은 다르나 마을 사람들이 삼삼오오 모여서 더위를 식히
는 철렵은 작은 잔치 같은 놀이라 할 수 있다.
〈본초강목〉이나 〈동의보감〉에서는 개고기의 효능을 다음과 같이 해

설하였다. 구육(狗肉)은 성질이 온(溫)하며, 맛은 좀 짜고 신맛을 띠며, 오장(五臟)을 편안하게 하고, 몸을 가볍게 하며, 위장(胃腸)을 튼튼하게 하고, 골수(骨髓)를 충족시키며, 허리와 무릎을 건실하게 하고, 양기(陽氣)를 돋구며, 기력(氣力)을 건실케 하고, 혈맥(血脈)을 보하며, 오로(五勞: 五臟의 虛勞) 칠상(七傷: 7가지 虛勞의 病)을 다스린다고 기술하였다.

사실 1980년대 이전까지의 한국에서는 소고기나 돼지고기, 닭고기보다 자주 먹었던 대중적인 식재료였다. 물론 육류(肉類) 중에서 상대적으로 가장 소비가 많았다는 것이 지금의 치킨마냥 흔하게 접할 수 있는 음식은 아니었다.

애초에 고기가 귀하니 육류를 자주 섭취하지 못했고, 역설적으로 그렇기 때문에 개고기 섭식(攝食)이 육식 한정으로는 주류 식문화로 자리 잡은 것이었다.

그래서 예로부터 복날에 먹는 보양식 및 약재(藥材)로써 많이 활용되었고 지금도 그러한 인식이 남아 있다.

지금으로부터 10여 년 전만 해도 서울의 태릉 골 고개 넘어 산골 마을에 가면 보신탕집이 모여 있었다. 여름이면 삼삼오오 무리 지어 보신

(補身)을 하기 위해 가는 곳으로, 그곳에서는 주된 메뉴가 바로 멍멍이 보신인 것이다.

우리나라의 예전 풍습이 서구(西歐) 문명(文明)의 전파로 의식주(衣食住)가 크게 변해 가는 충돌적인 시기인지라 구시대(舊時代)와 신시대(新時代)의 생활문화에 따른 생각의 정도가 크게 차이가 생겼다. 가족 간이나 사회적인 틈새에도 엇갈린 평가로 대화(對話)가 충돌하는 경우를 우리 주변에서 쉽게 볼 수 있다.

프랑스에서도 1692년부터 3년여 간 지속된 이상 기온 때 수많은 이들이 개고기를 먹었다는 기록이 나온다. 당시 파리 푸줏간에는 개고기를 구입하려는 사람들로 인산인해(人山人海)를 이루었다고 한다.

개장은 개를 삶아서 파, 고춧가루, 생강 등을 넣고 푹 끓인 것으로, 매운 개장을 땀을 내며 먹으면 더위를 물리치고 허(虛)한 것을 보한다고 한다.

최근 TV에서 자주 볼 수 있는 동물(動物)의 왕국(王國) 내용을 보면 약육강식(弱肉强食)이 주된 내용으로 전개되는데, 우주 창조에서 만물이 소생될 때 저마다 생명력을 가지고 태어나지만 결국에는 먹이사슬로 생을 마감하는 것이 생명의 윤환(輪環)이기도 하다. 에덴동산에서 선악과(善惡果) 자체도 결국에는 인간의 먹이가 되었고 아주 작은 존재로 살아가는 곤충(昆蟲)들이 지금에 와서는 인간의 특식(特食)으로 변하고 있는 양상이다.

오늘의 복날 음식은 닭과 오리 같은 종류로 선호하는 기호(嗜好)식품이 되었다고 본다.

우리가 기르는 가축(家畜)으로 여러 종(種)이 있는데, 나라와 풍습(風習)에 따라 노동력(勞動力)의 이용물로 기르기도 하고 애완용(愛玩用)이나 반려용(伴侶用)으로 또는 식용(食用)으로 기르는 경우가 있다. 국가(國家)와 민족(民族)의 종교적(宗敎的) 차원에서 본다면 절대적인 평가는 소유자(所有者)만의 권한으로 보아야 한다고 말하고 싶다.

인간은 만물의 영장(靈長)이니 모든 생물들은 인간을 위하여 존재하고 인간에게서 선택이 되기도 하고 저주(詛呪)의 대상으로 멸시도 되고 환경(環境)과 문화(文化)의 변화에 따라 존재 가치도 변하게 된다고 보고 싶다.

우리 민족의 전통적(傳統的)인 생활 습성이 쉽게 지워지지 않을지라도 4차(次) 산업 혁명(産業革命) 전개에 걸림돌은 아닐 것으로 사료(思料)하는 바이다.

이렇게 살아야 하는가?

"할머니 어디 사세요?"

"학교 앞으로 어제 이사 왔어요."

"그럼 누구와 사세요."

"우리 큰아들과 같이 살아요."

경로당으로 찾아오신 할머니는 허리가 몹시 아픈 것으로 기억자형이다. 평지에서는 밀차를 밀면서 이동을 해야 하는 상태이다. 처음으로 오셔서 간단한 이야기를 나누었는데 안색은 생각보다 곱게 늙으시고 대화는 뚜렷한 음성으로 청력도 정상적이며 밝은 표정이다.

성씨가 서 씨이고 42년생인 할머니는 숨을 가다듬고 차분한 음성으로 할머니의 과거 생활의 한 사연을 들려주셨다.

태백산 자락 장성 탄탄(炭坦) 마을에서 이웃 마을 동갑네 총각과 20살에 결혼하여 평범하게 새살림을 시작하였다.

금실이 좋다고 하는 신혼으로 두 아들과 막내로 딸을 두었다. 어렵지만 평화롭게 아이들을 키우며 시골 살림이지만 젊은 나이로 오순도순 15년을 사는 동안 불가사의(不可思議)한 불행을 당하고 말았다.

남편은 결혼 당시는 건강한 청년이었다. 결혼하고 가정을 꾸리니까 가장(家長)으로 책임감을 가지고 빈손으로 출발한 가정을 이루려는 절박한 마음에 닥치는 대로 돈을 벌기 위하여 무슨 일이든 돈이 된다면 주야를 가리지 않고 힘든 일을 하던 차였다. 건강은 점점 약해졌다. 담배 피우고 술도 자주 마시는 습성으로 주변에서 말리지 못하고 그대로 지내는 동안 속병이 급성으로 진행되어 폐(肺)와 심장(心腸)까지 멈추게 되고 말았으니, 결국 우리 가정에 기둥이 쓰러지고 일시에 황당한 삶을 살아야 했다.

가난한 가정에서 태어나 부모님의 애틋한 사랑으로 성장 과정은 어려움 없이 잘 자랐지만, 공부는 많이 못 하고 겨우 초등학교 다닌 것이 전부입니다.

산간벽지에서 무엇이 희망이고 무엇을 바라면서 살겠나요. 큰 욕심 없이 결혼해서 가정을 꾸려가며 자식새끼 잘 키우는 것만이 최고의 희망이고 더 이상 바랄 것도 없는 현실이거든요. 결혼도 본인의 의사 같은 것은 생각할 수도 없을뿐더러 생각도 못 해 본 환경으로 모두가 부모님의 결정으로 이루어지는 셈입니다.

결혼하면 당연히 남편 말 잘 듣고 시부모 잘 공경하면서 3년 안에 아들이면 더욱 좋고 딸이라도 낳아서 부모님 손에 손자를 안겨드리는 것만이 효부의 첫째 조건인 거죠.

나 역시 어린 나이로 결혼했지만 1년 지나서 아들 낳고 2년 후에 둘째 낳고 또 2년 후에 딸을 낳았으니 시부모님의 사랑은 많이 받은 셈이죠.

그러나 넉넉지 못한 가정 살림에서 3식구가 늘었으니 보이지 않는 걱정들이 부담을 주는 것은 불가사의한 현실이죠.

아이들은 시부모님이 봐주신다고 했다. 의식주를 위한 가정 경제는 남편 혼자 하기에는 벅찬 정도로 생각을 하게 되므로, 며느리 입장에선 무관심으로 있기에는 몰염치 같은 마음이 편치 아니하여 새색시가 문제가 아니라 일하는 며느리로 나서야만 했다. 부모님과 아이들에게 따뜻한 밥상을 내놓아야 하는 것만이 나의 책임이라고 결심하고 일하는 마당으로 나선 것이다.

그러다 보니 동네 여러 집에서 일할 내용이 있다면 시간 되는 대로 밭에서 농사일도 하고 탄광촌에 가서 잡일도 하면서 약간의 수입으로 장터에 가서 반찬거리로 생선 같은 특별 식품을 살 수 있으니 집 안 밥상은 비교적 윤기가 납니다.

남편도 열심히 일하면서 가정 경제는 좋아지는 참인데 시아버지가 지병으로 갑자기 별세하시고, 이듬해에는 시어머니도 돌아가시고 보니 집안 사정이 급속도로 휘청거리고, 아이들 문제도 어렵게 밀려와 정신적으로 육체적으로 힘들게 되고, 나 역시 건강이 나빠져 사는 모습이 쉽게 변해 극빈자 꼴이 된 셈이네요.

어려운 사정에서 참고 이겨 내야 하며 그 속에서 사는 방법을 찾을 수 있도록 다시 정신을 차려야 했죠.

이렇게 살기를 3년이 되는 해, 남편이 심장병으로 병원 신세를 지게 되는 설상가상으로 더욱 어려움이 시작되더군요.

그러는 중에 결국은 남편마저 세상을 떠나 보니 하늘이 노랗고 정신은 넋이 나간 사람 꼴이고, 집안은 엉망으로 아이들은 말도 못 하고 눈치만 보면서 울지도 못하고 바보들처럼 보기에도 처량하게 마음이 아플 뿐이네요.

그 와중에도 아이들이 어른스럽게 잘 따라 주어서 먼 친척이 있는 춘천으로 이사를 오게 되었지요. 춘천 시내에는 부지런하면 먹고살 수 있는 일감이 있다 하여 오기는 왔지만 역시 엄두가 나지 않아 잠시 당황은 했지만 그렇다고 손 놓고 있을 수는 없으니 이 집 저 집을 방문하다시피 찾아다니면서 일감을 얻어서 아이들과 살아야겠다는 생각만이 큰 용기를 준 셈이죠.

아이들이 무슨 죄인가요. 부모 잘못 만나서 고생한다는 생각은 나를 더욱 마음 아프게 할 뿐이니까요. 나는 못 먹어도 아이들만은 굶기지 말아야 한다는 생각으로 힘들어도 보람으로 알고 열심히 일하였지요.

이렇게 살다 보니 20년이란 세월이 흘러 둘째 아들과 막내딸을 결혼시켜 내보내고 큰아들은 남 보기에 부족하다고 할 정도로 언어표현력이 어둔하여 쉽게 결혼 상대가 없었는데, 교회 목사님의 주선으로 결혼해 따로 살고 나는 혼자서 방을 얻어 살게 된 것이 벌써 10년은 지났군요.

마음속으로 많은 짐은 덜었구나 하고도 시간이 되면 일하는 것이 나에게는 사는 보람이라고 생각하면서, 비가 오나 눈이 오나 꾸준하게 일하며 살고 있는데 어느 날 큰아들이 이혼을 하게 되었다면서 나와 같이 살겠다고 하니 불현듯 큰 걱정거리가 새로 생긴 셈이죠.

어떻게 합니까. 내 자식이 어렵게 되었으니 내가 모두 안고 살아야지요.

아들은 마음씨는 착하여 속 썩이는 일은 없지만 부부 사이에서는 평생을 같이 살아야 하니까 자식이 생기기 전에 며느리 입장에서 빨리 결정한 것으로 짐작이 가네요.

사실 그렇지요. 정상적이 아니라서 중소기업 같은 회사라도 취직이 된다면 몰라도 노동을 하면서 평생을 살기란 부인 입장에서는 깊이 생각을 해야 할 것으로 짐작이 갑니다.

결국에는 내가 사는 집으로 들어와서 같이 사는 것이 10년도 넘었어요. 그러는 중에 내가 일하다가 넘어져서 허리를 다쳤는데 몇 차례 수

술했지만 문제가 크게 생겨 허리를 못 펴고 완전히 꼬부랑 할매가 되고 말았네요.

내 나이 지금 77세이고 아들이 57세이지만 수입이 일정하게 없어서 복지 혜택을 받을 수 있나 하고 알아보았으나 여러 가지 조건이 까다로워 혜택을 못 받으니 사는 꼴이 말이 아니에요.

방 한 칸을 월세로 얻어서 이사는 왔지만 걱정이 태산 같네요.

나는 더 이상 일은 못 하고 아들은 정상적인 직업을 얻지 못하니 일정한 일을 못 하고 영업직이라고는 하지만 영업이 그렇게 생각대로 쉬운 직업이 아니라서 걱정이네요.

사람 사는 모습이 기구하네요. 평생 살면서 남에게 나쁜 짓을 안 하고 살았건만 어찌하여 기구한 삶으로 살아야 하는지 한숨만 나오네요.

즐거운 하루

살다 보면 즐거운 날도 그렇지도 못한 날도 있지만 즐거운 날이 많으면 좋은 거 아닌가?

인간은 감정의 동물인지라 그 감정이 변하지 아니하고 일정하게 가만히 있으란 법은 어디에도 없다.

조삼모사(朝三暮四)라는 말도 있지만, 기후에 따라, 개인의 감정에 따라, 환경의 변화에 따라, 하여간에 우리의 감정은 하루에도 수없이 변할 수 있다. 도덕군자(道德君子) 아니고야 어찌하여 일편단심(一片丹心)으로 아침의 감정이 늦은 밤까지 그대로 유지될까만, 그리 된다면 부처님 같은 마음이다. 집 주변에서 우는 새도 그 지저귀는 소리가 들을 때마다 다르다. 그 새에게도 감성이 있어서겠지?

오늘은 어제 약속한 체력장 검사를 받으러 가는 날인데 사전에 준비 운동을 하기는 했지만, 기구를 사용하는 관계로 변동이 있을 수 있다.

10시 30분에 예약이 되었으니 9시쯤 출발해도 생각할 여유는 있을 거라 믿고 경로당에 들르기로 하였다. 새벽 5시 30분에 경로당에 도착하여 먼저 학동 어린이 공원 청소를 하는 습관으로 아침 시간을 잘 활용하는 편이라서 2년 차 실시하고 있으니 생활의 일부가 된 셈이다.

경로당(敬老堂) 문 앞에 오면 언제나 신문이 편지함에 있다. 오늘따라 관심을 가지고 들어와서 펴 보니 대한 노인회에서 자매지(姉妹紙)

로 발행하는 백세시대 주간지인데 한 것을 보며 순간 '어…' 하고 내가 놀란 듯 멈칫 하고 보니 내 이름과 내가 쓴 시(詩)한 편이 보인다. 자세히 보니 있었다.

"우리 집 굴뚝 연기는
나 어릴 때부터
어머니 부엌일 시간표다

밥을 지을 때도
소여물을 끓일 때도
겨울밤 군불 땔 때도

우리 집 굴뚝에서는
파랗고 하얗고 검은 연기가
힘주어 올라 퍼진다.

그런데 지금은
그 연기를 볼 수 없다.

밥은 전기밥솥으로
소죽은 건식과 사료로
군불은 전기장판이 한다.

전봇대가 세워지면서
굴뚝의 연기를
어머니 모습도 찾을 수가 없게 되었다."

"월산 구연민
시인, 수필가
강남지회 영동경로당 회장"

이상과 같은 내용이다.

2018년 11월 29일에 출간한 시와 에세이로《차돌멩이의 이야기》중 222페이지에 있는 시(詩) 한 수인데 내가 그 책을 기증한 기억은 있는데 그 책을 보고 이 시 한 편을 선정한 것으로 추측되어 기분이 좋다고 자인한다.

서초구 구민체육센터의 '국민체력 100'이란 곳에 예약을 했으므로 시간 내로 도착하려고 서둘렀다. 구민뿐만이 아니라 국민 누구나 청소년기(만 13세~18세)와 성인기(만 19세~64세) 그리고 노인기(만 65세 이상)로 구분하여 체력을 측정하고 건강 상담을 통하여 개인적인 건강 관리를 위한 지도체계인데 기업인이나 취업 인들의 체력까지도 측정 평가를 하고 인증서(認證書)를 발급하는 곳이다.

노인기(만 65세 이상) 체력 측정 항목은 체력에 신장(㎝), 체중(㎏), 체질량 지수(신체 질량 지수 BMI), 신체 구성(체지방율 %)이 있고, 체력에는 근 기능에 상지(상대 약력) 하지[의자에 앉았다 일어서기(회/30초)]고, 평형성[의자에 앉아 3m 표적 돌아오기(초)]과 유연성[앉아서 윗몸 앞으로 굽히기(㎝)]이고, 심폐지구력[6분 걷기(m)], 2분 제자리 걷기과 협응력[8자 보행(초)] 등 총 10개 항목으로 구분되어 있다.

이상의 전체 항목에서 만점을 맞으면 1등급이고 부분적으로 미달점이 있으면 2등급과 3등급을 판정(判定)하게 된다. 일반적으로 노년기의 대상자는 3등급을 받으면 최상으로 인정하고 있다.

체력 검사를 비교적 기분 좋은 결과로 마치고 가벼운 마음으로 돌아오면서 오늘의 일정을 하나하나 음미해 보니 순탄한 과정은 아니었다.
30여 분 동안 검사를 마쳤지만 땀을 흘려야 하는 과정이 있어서 심사관이 권유하는 냉수를 두 차례나 마시기도 하였다. 마침 비가 내려 기분도 그렇고 하여 택시를 타니 사무실에 편하게 도착하였다. 그리고 검사 결과표를 제출하니 주변 사무실 관리자들이 평가 결과 내용을 알고 대단하다는 평을 하여 기분이 좋았다.

잠시 숨을 고르고 아침에 본 신문 내용을 자랑삼아 말하니 주변 사람들이 또 한 번 놀란 듯 눈이 휘둥그레지면서 나를 보고 "아이고 축하합니다." 칭찬하며 존경스럽게 대해 주니 작가(作家)의 보람을 실감할 수 있었다.

오늘은 즐겁고 보람된 날이다. 하는 일이 모두가 내 뜻대로 이루어진 셈이다. 인생이 자기 뜻대로 되는 일이 쉬운 것도 아닌데 하여간에 오늘 일은 나에게 큰 보람과 긍지(矜持)를 가지게 한 날이다.

인생 살다 보면 이런 날이 있어야 살맛이 나겠지?

아니한가?

항상 자존(自存)을 낮추고 겸손(謙遜)을 유지하며 매사에 꼼꼼하고 정직(正直)하게 차분한 마음으로 정진(精進)하면 결과는 외면하지 아니하고 꼭 좋은 감사의 결과를 주리라 믿고 오늘도 긍정적(肯定的)인 생각으로 하루를 시작한다.

봄이 오듯이

싸늘한 기운 여전히 성성해 찬 안개 하얗게
대지를 점령하고
움트던 새싹은 움츠려져 몸을 떤다
새 계절은 이렇듯 아픔으로 흔들리며
오다 말다 서성이며 조금씩 다가온
찬비를 맞으며

봄은 찬비를 맞으며 온다
새로움은 이처럼 더디 오는가
기쁨의 날 찾아옴은 다를 바가 없나니
얼마큼은 기다리다 휘청인다 하여도
한 땀 한 땀 정성들여 수놓아 온 삶
젖더라도 마침내 만개로 피어나는
이처럼 찬비 맞으며 봄이 오듯이.

꽃잎이 눈비 되어

아득히 먼 산 바구니 전설
영화롭던 그 자리엔
노안의 주름 결이
세월을 머금고 강물 되어 흐르는데
봄날의 햇볕은 너무도 찬란해
겨우내 움츠린 몸 기지개를 펴는가
흰 옷고름 풀어 샤워를 하고

바람이 불면
파란 하늘가
만개의 잎은 흰 눈이 되어
하염없이 하염없이 꽃눈이 되어
축복의 유희로 내게로 다가온다

벗으로 찾아와 벗꽃이 되었고
그 몸은 세월도 초월했나
언제고 너는 새봄으로 찾아와
그처럼 부활의 생명처럼 나에게 다가와
퇴색한 세월을 꽃으로 피워내고

가슴이 저리도록 설레는

순백의 청춘으로 피워 내누나

나리꽃

파도 소리 끝이 없고
바람도 재우쳐 부는
바다가 내려다보이는
언덕배기 한적한 자리에서
들꽃으로 피어나서
들꽃으로 받은 사랑
속절없이 모두가 떠나가는
세월!
그 흐르는 자리에서

수많은 바다 예길 홀로 간직하고
애환을 머금고 피어난 너는
가깝지도 멀지도 않은 곳에서
정겹게 날 바라보고 있구나

가을엔
바람 같은 갈색 얘기로
겨울엔
눈을 닮은 하얀 얘기로

봄날엔

꿈 많은 연초록빛 얘기로

깊은 잠, 푸른 꿈결에서 환하게 깨어나

신비한 주황빛에 검은 연지 찍고 피어난 너는

한 점 흐트러짐 없이 고결한 모습으로

오늘도 그 자리에서 떠나는 나를

발걸음 끝까지 마냥 바라만 보고 있는

바람이 이는 바닷가 언덕

또다시 이별이 서러운

어릴 적 내 동무를 쏙 빼닮은

너 참나리꽃이구나.

너는 나에게

손을 대면 초록이 손끝에 묻어날 듯
흠뻑 젖은 산을 저만치 두고
여기 비 내리는 강가에 서면
희뿌연 안갯속에 네가 보인다

머나먼 하늘길 뚫고 내 마음까지
6월의 청춘으로 쏟아져 내려
흠뻑 젖은 내 마음엔 초록빛이 눈부시고
두근두근 가슴엔 사랑 꽃이 피어났다

세월이 흘러 비 내리는 강가에 서면
그 끝이 언제인지 모를 이야기처럼
실타래를 풀어내듯 속삭임에 미소진다
산바구니 흰 안개로 떠나는 네 모습에

나는 너에게 의미가 되고
너도 나에게 의미가 되었기를
또다시 만날 기약을 못 해
오늘도 이별을 고하고 있구나.

제5장

빗속의 추억을

기나긴 겨울 뒤에 내린 비는 논 빙판 위에
먼저 떨어졌다
그 얼음판은 호수가 되었다
봄비는 새색시처럼 얌전히도 내렸지만
정겨운 논두렁길 드넓은 방죽과 천둥산까지도
온통 정겨운 초록 빛깔로 바꾸어 놓았다
봄비는 비단길처럼 정겹기만 했다
비는 추억을 안고 내린다
과수원에 비가 내리면
아무도 찾아와 주지 않는 그곳에
원두막은 고립된 성이었다
복숭아나무 이파리들이 춤을 추었다
저만치 바다는 수평선을 잃고 회색빛
하늘과 하나가 되었다
비는 엄마의 품처럼 나를 포근히 안고
감싸 주었다
과수원의 비는 언제고 단잠을 주었다.

늦여름 숲

바람 한 점 없어 잎새 하나 요동이 없는

늦여름의 숲

밤을 새워 얘기해도

끝이 없을 많은 얘기를 품은 채

이처럼 조용히 떠날 채비를 하고 있다

초여름

그 잎 초록빛 짙어져 엄마가 되고 아빠가 되고

그 그늘 아래 열매들을 품어 햇볕 받아 먹이며

모진 비바람에 흔들리고

상처로 찢겨져 나간 때는

벌써 잊었다

늦여름

매미가 온몸으로 떠남의 아쉬움을 노래하는

늦여름

이 한날

말없이 너는 네 몸 내주고

차양으로 그늘 드리웠구나

뜨거운 날 무더운 날 더위를 피해

찾은 세인에게
서늘한 그늘로 시원한 바람으로
청량한 물소리로
지친 몸 멍든 가슴 풀리도록
어루만져 주었던 너는
그 찬란한 초록빛 아낌없이 다 주고
자라난 열매들 속에 소망으로 다 주고
남은 일은 제 몸 죽어 바랜 빛깔로
갈색으로 노랑으로 빨강으로
다하리라.

너에게 단풍을

늦여름 이 한 날
더 이상 풀 수 없어 짙푸른 숲은 제 할 일
다하여 말없이 떠날 채비를 하고 있구나

나는 아둔하여 세월도 못 읽어
해야 할 일 마치지 못해 여전히 여기 있는데
새 계절이 오고 있음을 잘 아는 너는
벌써 할 일을 다하고

이처럼 미련도 없이
떠날 채비를 하고 있는데…

만추의 꿈으로

초가을에 비가 내리거든

초가을에 비가 내리거든
하던 일 멈추고 그리움을 보라
커피 한 잔을 들고 창가에 서면
저만치 산등성이마다 그리움이 걸려 있다

소란하고 찬란했던 여름날이 지나고
비로 인해 인적이 없이 홀로된 숲은
비로소 가을 회상의 그리움에 젖는다

혼자면 족하리라 어련히 먼 그곳
그리움의 끝자락에 다다르기까지는

후둑후둑 떨어지는 빗방울로
수풀 이파리마다 가을이 내려앉고
그리움에 젖는 새 계절은
만추의 꿈을 꾸고 있다.

안식의 밤으로

가을은 산길 따라왔는가
강물 따라왔는가
소슬한 바람
들판을 지나 길섶을 훑고 창문까지 내달아
더운 가슴 식히며 머무는 사이
지나온 들판은 황금빛으로 출렁이고
바람결 길섶엔 코스모스 피어나고
고운 색깔마다 추억들을 머금고
계절은 이처럼 파란 하늘 아래로
바람 따라 쉬이 쉬이 영글어 간다

여전히 뜨거운 한낮의 태양볕에
짙어져 가는 색깔들의 향연
빠알간 고추는 더욱 빨갛고
노오란 배는 더욱 노랗고
태양은 한나절 힘을 다해 자기 할 일 마치고
일찌감치 파장을 해 종점에 서성이면
서산은 더 긴 그림자로 마음을 감싸 안고
안식의 밤으로 초대를 한다.

태백산 자락에서

맑은 공기로 피로는 가고
한밤중에 잠이 깨었다
별이 떴을까 궁금하여 창문 열고 나서니
아
캄캄한 밤하늘엔 무수한 별들이
언제부터였을까
시작된 기다림
기다림
기다림의 아우성

어둠이 커튼을 내린 광활한 밤하늘엔
영롱한 빛으로 수를 놓은 별들이
헤이 안녕
여기저기서 자신을 드러내며 인사를 한다
그래 오랜만이야 너희들 본 지가
미안한 마음으로 미소 띄우고
다시금 하나씩 찬찬히 쳐다보니
따스한 맘 옛정이 통한 것일까
제 몸 태워 아낌없이 내어 주는 별빛이

하나 둘 셋 넷 다섯 여섯 일곱 여덟 아홉 열…

별들을 세는 사이

나는 다시금 옛적 어느 한 날로 되돌아가

여전히 심장이 더운 한 청년이 되고

가슴속 찌든 세속과 야망

그 지독한 때를 벗어버리고

이제야 비인 가슴 텅 비인 가슴에

다시금 담는 너 맑은 별빛아

눈물에 아롱지는 너

유리알처럼 맑고도 투명한 별빛아

봄 여름 가을 겨울 없이 그곳에 있어

세파에 지쳐버린 내 몸과 마음

난 그저 잠시 머물다 가는 나그네일 뿐인데

이 밤도 옛 친구로 가까이 다가와

조근조근 밤새워 얘기를 나누나

소년 시절에 나누었던 꿈 얘기로

청년 시절에 나누었던 사랑과 자유로

중년에 나누었던 인생과 영혼

그리고 지금
말은 없어도

여전히 서로를 볼 수 있음에 행복하나니
잠들지 않아도 충분한 이 밤의 안식이여
머물다 가면 더 좋을 늦가을 한밤이여

세월은 은하수 강물 따라 흘러갔어도
너는 나에게 별이었음을
나는 너에게 벗이었음을
가슴 깊은 곳에 이처럼 새겨져 있으니

찬 공기 이슬 되어 대지에 내려앉고
초승달 서편으로 뉘었는데
하나씩 둘씩 스러지는 별이여
이제는 안녕
다시 만날 그날을 기약하며
저 멀리서 새벽이 다가오는데.

그대 오시려나

그대 오시려거든 가을 아침에 오세요

빨강 주황 노랑 갈색 초록

고운 색깔로 단장을 하고

아침햇살을 맞는 한 숲속에

가슴 설레는 한 그루 나무로

그 자리 지키며 서 있을 나무로

그 자리 지키며 서 있을 테니까요

그대 오시려거든 가을 한낮에 오세요

소슬바람 불어와 훑고 지나간 강 언덕길

여름날 거센 비바람에 흔들리고 쓰러져

이파리가 생채기 성성이 남아 있어도

온몸으로 견뎌내 열매로 키워 냈으니

칭찬을 기다리며 서 있을 테니까요

그대 오시려거든 가을 저녁에 오세요

뜨거운 태양 제 할 일 마쳐 서녘으로 기울고

서산의 그림자

길게 누워 마을을 감싸 안고

어둠이 이웃처럼 창가에 찾아들 때

나는 땀에 젖은 수건을 내려놓고
소박한 식탁에 촛불을 밝혀 놓을 테니까요

그대 오시려거든 가을밤에 오세요
할 일 다 한 이파리
동그라미 원을 길게 그리며
그 몸 땅에 얌전히 누워 안식에 잠들 때
그 위에 또한 낙엽 이불 되어 덮어 주는 밤
어릴 적 자장가 소나무 바람 소리
재우쳐 불어도
커튼을 닫지 않고 열어 놓을 테니까
그대 오시려거든 가을에 오세요.

눈이 보이지 않는 심명철과
만삭의 임신부 임명애
개성 출신 신관빈 수원 기생이었던 김향화는

"관순아, 우리 끝까지 버텨야 한다
조선이 해방되는 날까지
우리는 죽어도 죽은 게 아니야"
하면서 그들은 모두 측은하고 아픈 마음으로
유관순을 정성껏 간호했다

옆에 있는 애라가 울먹이는 목소리로
노래를 부른다

"울 밑에 선 봉선화야 네 모양이 처량하다
길고 긴 날 여름철에 아름답게 꽃필 적에
어여쁘신 아가씨들 너를 반겨 놀았도다"

향화는 애라의 노래가 끝나자 노래를 부른다

"북풍한설 찬바람에 네 형체가 없어져도
평화로운 꿈을 꾸는 너의 혼은 예 있으니
화창한 봄바람에 회생키를 바라노라"

고문으로 힘든 옥중 생활 속에서 노래는
그들에게 작은 힘이 되었다
8호 감방 동료들이 있었기에 관순은
조금이나마 웃으며 버틸 수 있었다.

2019. 0.92의 위기(危機)

영철은 25세일 때 동갑네끼리 결혼(結婚)하여 26세에 첫째 아들을 낳고 2년 뒤에 둘째 아들을 낳았다. 그리고 딸을 하나 있으면 금상첨화(錦上添花)라 하며 부모들이 바라는 바였는데 역시 2년 후에 또 아들을 낳아서 아들만 삼 형제를 두었다. 그래도 좋아했다. 고명딸이 부모를 잘 섬긴다는 최근 인심이지만 아들 셋을 둔 마음은 든든하고 하나의 성을 이룬 느낌이다.

예전에는 아들이나 딸이라도 낳아 놓으면 다 저 먹을 밥을 타고 난다고 하는데, 자식이 많은 집이 우선은 힘들어도 그 자식들이 성장하면 다 제 밥벌이는 하고 산다는 어르신들의 명언(名言) 같은 이야기가 있다.

영철이는 성장 과정이나 환경(環境)이 다른 남녀 두 사람이 만나서 가정(家庭)을 이루고 삼 형제를 낳았으니 5명의 가족(家族)을 가진 것이다. 이렇게 화목(和睦)한 가정을 이룬 지 20여 년이 지난 어느 날, 장남(長男)이 애인을 데려온다고 하여 부모 입장에서는 잘한 일로 관계를 인정하고 그 후 바로 결혼을 하였다. 그리고 다음 해에 아들을 출산하였다. 장남 부부는 직장을 다니는 관계로 아기를 보아주는 사람이 필요한데 그렇다고 작은 월급에 보모(保姆)를 둘 처지가 안 되어 결국은 시어머니와 친정어머니가 번갈아서 아이를 양육(養育)하게 되었다. 그리고 둘째 아들과 셋째 아들우 결혼(結婚)은 했지만, 자녀 생산은 의식적으로 피하고 싶다 하여 가정적(家庭的)으로 잠시 의견 충돌까지 발생하였지만 결국은 부모 입장에서 아들들의 새 가정에 개입하는 것도 어떻게 보면 부모의 강제성으로, 새로 이룬 가정이 파산(破産)될 가능성이 있기에 자식들의 의견(意見)에 따르도록 했다고 한다.

통계청(統計廳)의 발표에 따르면 2019년 우리나라 합계(合計) 출산율(出産率)이 2/4분기에 0.92명으로 사상 최저를 기록했다고 발표했다.

합계 출산율이란, 여성 한 명이 임신(姙娠) 가능한 기간인 15~49세에 낳을 것으로 예상되는 아이의 숫자를 의미한다. 4/4분기에 0.85명이며, 서울의 경우는 최하위인 0.65명으로 심각한 현실이다. 그러니까 0.92명이란 출산율은 1명 미만을 의미하는데, 앞에서 말한 영철이의 가정의 경우를 보면 0.66명으로 계산되어 이 경우는 더욱 최악이다.

인구(人口) 전문가(專門家)들의 말에 따르면 합계 출산율이 2.1명은 되어야 인구수를 유지(維持)할 수 있다고 한다.

합계 출산율이 1 밑으로 유지된다는 것은 한 세대 뒤에는 출생아(出生兒) 수가 지금의 절반으로 떨어진다고 예견(豫見)한다.

출산율이 떨어지는 이유로는, 결혼(結婚) 감소와 출산 나이가 늦어지는 것과 결혼해도 무자녀(無子女)를 선호하는 것 등을 생각하는데, 결혼 건수는 지난해보다 7.1%가 줄었다는 통계도 있으며, 첫째 아이를 낳는 산모(産母)의 평균 나이는 2009년 29.8세에서 2019년은 32.2세로 늦어졌다는 것이다. 그리고 자녀의 양육 과정에서 양육비(養育費)의

과다 비용과 양육에 따른 가사도우미 문제를 크게 부담하고 있는 것도 하나의 원인이다.

합계 출산율이 0명대의 국가는 경제 협력 개발 기구(OECD) 회원국 가운데 한국이 유일(唯一)함을 보여 준다.

결국 저출산(低出産)에서 벗어나려면 청년(靑年)들이 결혼하여 안심하고 아이를 낳고 기를 수 있는 환경(環境) 조성을 최우선으로 하면서 주거(住居) 안정에 따른 일과 육아(育兒)를 병행(竝行)할 수 있는 노동 시장(勞動市場) 개혁(改革)과 국가 차원에서 경제적(經濟的)인 지원책이 현실적으로 체감할 수 있도록 구체적이어야 한다. 그리고 더 나아가서 사실혼(事實婚)과 미혼모(未婚母)등 다양한 형태의 출산(出産)을 인정하고 국제결혼(國際結婚)으로 이민정책(移民政策)도 실효성 있게 논의(論議)되어야 한다고 생각한다.

2021년 새 아침

오늘은 2021년 1월 5일 희망찬 새해를 맞이한 화요일이다.

소한(小寒)이라서 기온이 섭씨 영하 12도라 추울 때도 되었다.

멀지 않은 몇 해 전만 해도 이 시기에는 하얀 눈이 온 세상을 푸근하게 덮어 주어 우리네 마음은 우선 마음이 안정적으로 차분하게 일과를 하는 모습이 보기도 좋았다, 그런데, 아닌 밤에 홍두깨라고 못된 코로나19가 형체도, 냄새도 그리고 색채도 없는 마치 마귀령(魔鬼靈)으로 기습하여 온 국민이, 아니 나아가서 온 지구촌 사람들의 생명을 노리고 괴롭히는 살벌한 전쟁터를 만들어 버렸다. 이런 현장에서 총 대신 방역기를 들고 주야를 불문하고 숨도, 식사도, 휴식도 마음 놓고 못 하는 강남구청 관계자분들의 노고에 진심으로 감사를 드립니다.

특히나 민원이 많은 주민센터에서는 주민과 항상 가까이에서 희로애락(喜怒哀樂)을 같이하는 가족 같은 마음으로 업무를 진행하는 모습은 참으로 고맙고 감사할 뿐이다.

주민센터에 들어서면 창구 안에 앉아 있는 여성 직원이 얼른 일어서서 다가온다.

"안녕하셔요? 어르신- 무엇을 도와 드릴까요? 우선 의자에 앉으셔요. 새해에는 건강하셔요."

여식(女息)이 없는 노인네는 다정다감하고 상냥한 목소리로 인사하는 직원에게 무슨 말을 먼저 할까 하다 보면 멍청스럽게 대답을 놓치고 어리둥절하고 치매(癡呆) 노인 꼴이 되기도 한다. 자주 오는 편은 아니지만, 직원들이 알아보는 듯하니 마음이 포근하고 안정감이 든다.

그뿐인가, 날씨가 갑자기 추워졌는데 어떻게 춥지는 않으셨는지, 길이 미끄러워서 오시느라고 힘드셨지요? 한다든가 이런저런 이야기는 집에서도 못 들어 본 따뜻하고 자상한 말이기도 하다, 누구 집 여식이 마음씨도 곱기도 해라. 마음씨도 곱고 얼굴도 예쁘장해서 오래 이야기하고 싶기도 하다. 그러나 여기에 볼일을 보기 위하여 오는 사람이 어디 나 혼자랍니까? 착각은 이 정도만 하고 일 마쳤으면 고맙다고 인사 나누고 일어서서 집으로 오는 것이 도와주는 일이랍니다.

주민(住民) 한 사람 한 사람 모두가 이런 일 저런 일 많기도 많은 일들이 모두가 이곳 주민센터에서 해결의 실마리를 푸는데 참으로 감사한 일이죠.

2021년부터는 주민들의 일상생활에서 달라지는 내용도 있겠으니 그런 것들을 잘 알아 두었다가 실수가 없도록 귀담아 들어 둡시다.

주민들의 생활에 안내자가 되어 불철주야 수고하는 논현2동 주민센터 직원분들의 노고에 진심으로 감사를 드리면서 우리가 칭찬의 말 한마디라도 아끼지 말고 자주 합시다.

가을 엽서

　조석(朝夕)으로 기온이 18℃라고 보도하면서 낮과의 기온(氣溫) 차(差)가 심하니 건강 관리 잘해야 한다고 어머니 하시던 말씀처럼 방송을 들으니 고맙다고 우선 말하고 싶다.

　대학을 졸업하고 작업 현장에 들어선 20대의 시절이 엊그제인데 산수(傘壽, 80)보다는 많고 미수(米壽, 88)보다는 적으니 그 중간이 되는 셈인데 그렇다면 여기서 멈출까 하고 늦은 밤 별들이 움직이는 소리 들으며 창문에 그림을 그려본다.

　내가 고등학생 시절 국어책에서 수필가 민태원(1894~1935) 선생의 《청춘예찬(靑春禮讚)》을 읽은 기억이 새롭게 떠오른다. 서정적(抒情的)이면서도 화려하고 힘이 넘치는 문체(文體)로 설의법(設疑法)을 이용한 정열적(情熱的)이고 격정적(激情的)인 어조인 내용이 더욱 감정적(感情的)이다. 그리고 정비석鄭飛石(1911. 5.~1991. 10.) 선생의 《산정무한(山情無限)》이란 수필을 배운 기억이 새롭게 다가온다. 금강산(金剛山)의 아름다운 풍경 다양한 표현(表現) 기법과 화려한 문체를 구사하고, 금강산 계곡(溪谷)의 풍경, 그 풍경에 얽힌 설화(說話) 및 글쓴이의 소회(素懷) 등을 우리말의 유창성과 독특한 묘미를 살리는 표현이 많아 가사 문학의 백미(白眉)로 일컬어지고 있다 한다.

　60여 년이 지난 지금도 작품을 읽으면 다시 젊은 학창 시절로 돌아간 느낌을 가지게 한다.

일전에는 문인회(文人會) 회원들과 같이 멀리 파주의 회원이 운영하는 작은 마을의 별장 같은 한적한 곳을 다녀왔다. 처음 나들이하는 길이라서 교통편을 걱정했는데, 문산까지 운행하는 열차 편이 있어서 쉽게 승차를 하였다. 내가 승차한 시간은 오전 7시 30분으로 직장 출근하는 사람들 출근 시간이라 복잡하다는 것은 알고 왔는데, 코로나19의 영향으로 이미 습관화되었지만 모두가 입마개를 해서 아는 사람도 구별하기는 쉽지는 않았다.

난 등산모를 쓰고 등산용 점퍼와 운동화를 착용하여 아침부터 등산(登山)을 가는 노인으로, 다른 사람이 보면 '노친네는 팔자도 좋네요.'라고 말했을 것 같은데, 사실은 내 팔자는 좋은 편은 아니다. 그래도 빈(貧)티를, 그리고 노약자티를 보이지 말자 해서 마음속으로 긴장을 하고는 있다. 모자를 썼으나 하얀 머리카락이 보인다. 그리고 나이 들면 얼굴 자체도 세월의 파도로 피부가 많이 쭈글쭈글해진 모습을 숨길 수는 없다.

그리고 얼굴에 손바닥보다 더 큰 마스크를 썼으니 얼굴도 작은 눈만 보이므로 나이 든 노인이라는 것을 판단하기는 쉽지 않다. 출근 시간보다는 1시간은 빠르므로 꽉 찬 편은 아니어도 넉넉한 편은 아니라서 일명 경로석(敬老席)은 자리가 없어서 중간에 서 있을 수밖에 다른 방법이 없다.

순간 50대쯤 보이는 여성이 난데없이 "좀 떨어져 서세요. 거리 지키기 하라는데 가까이 붙지 마시고 거리를 유지하세요."라며 가히 부드러운 목소리가 아니고 짜증 섞인 쉰 목소리로 나에게 대포알처럼 쏘아붙인다.

깜짝 놀라서 얼른 나온 나의 대답은

"아이고 미안해요."

그리고 주변을 보아도 더 이상 떨어질 곳이 없다.

잠시 민망해서 화끈거리는 얼굴과 마음을 가누지 못하고 있자니, 늙은 몸이 아침부터 무엇을 얻자고, 일하려고 나온 출근자들의 가는 길에 걸림돌이 되었나? 자책(自責)하였다.

내가 약관(弱冠)을 지나 이립(而立) 불혹(不惑)의 나이였다면 짜증스런 언성으로 하는 말에 격정적인 감정으로 대꾸를 했을 것 같은데, 지천명(知天命) 이순(耳順)을 지나 환갑(還甲), 진갑(進甲)을 다 보내고 고희(古稀)도 무사히 보낸 나이에 감사를 가지며 부드럽고 아름다운 표정과 따스한 말로 다정다감하게 상대를 했다면 아쉬움이 없겠지만 원래 주변머리가 없어 그냥 꼬리만 남기고 머리 밖은 꿩마냥 고개

숙인 미수(米壽)의 모습이 되고 만다.

50년대에는 지하철(地下鐵)이나 열차(列車)가 없어서 버스를 이용하여 출근을 하는, 일명 콩나물버스가 교통수단이었다. 만일 지금 그런 실정이라면 거리두기라는 말은 저승 가는 길에서도 못 지켜질 것이다.

나는 미안한 마음으로 말도 못 하고 서 있는데 의자에 앉아 있는 60대 여성이 일어서면서 "아저씨 여기 앉으셔요."라며 나를 보고 오라 한다. 미안한 마음으로 그 자리에 앉기는 했지만 고마웠다. 이렇게 여러 정거장을 지나오다 보니 사람들이 내려 통로가 여유 있고 거리 두기는 자연적으로 이루어진 것 같다. 그러자 몇 군데 자리가 생기니까 나에게 자리를 양보한 여성분은 자연스럽게 빈자리에 앉고 그 여자분은 계속 서 있기만 한다.

30여 분이 지나니까 많은 사람이 하차(下車)하고, 종점인 문산역에 도착할 때는 듬성듬성 자리가 비어 있다.

그러고 보니 문산으로 출근하는 사람보다는 서울 방향으로 출근하는 사람들이 훨씬 많다는 사실이다.

사람을 낳으면 서울로 보내고 말은 제주도로 보내라는 말이 생각난다. 많은 사람이 사는 곳에 일감이 많으니 일자리도 많은 것 아닌가? 나이 83세라는 숫자는 부끄럽기만 하다.

그 많은 세월 무엇 하나 인류(人類)에게 기여(寄與)하는 일을 남겨 주었는가? 아니면 남들이 존경스럽게 생각하는 일이나 실적이 있는가? 사계절(四季節) 시간이 지나도 도움이 되는 것은 하나도 없이 볏섬을 축내는 생쥐 꼴이니 사회적(社會的)으로 경제적(經濟的)으로 무가치한 존재임은 의심의 여지가 없다. 젊은 시절에는 교육계(敎育界)에서 후배들 교육에 작은 힘이 보탬은 되었다지만, 지금은 유효기간(有效期間)이 다 된 폐품(廢品) 같은 사회적 존재이니 나 스스로가 무의미하다.

그렇다면 어떤 길을 가야 할까?

20여 년 전에 시(詩)와 수필(隨筆) 분야에 등단(登壇)되어 벌거숭이 작가(作家)라는 이름 하나 얻었으니 앞으로 좋은 글 하나 남기어 《청춘예찬》이나 《산정무한》 같은 좋은 글을 그리워하면서 비슷한 글을 한 줄이라도 남길 각오로 노력해야겠다는 작은 마음의 다짐을 마지막 잎새가 지기 전에 다시 해 본다.

제6장

중국 우한에서 신종 코로나바이러스 감염증(코로나19)환자가 발생한 지 20여 일이 지난 오늘 강남구 관내 160여 개의 경로당(敬老堂)이 10일부터 29일까지 강남구청의 폐쇄 지침에 따라 출입문에 폐쇄 공고문을 부착하였다.

참으로 마음 아픈 사안이다. 뉴스를 보노라면 신종 코로나의 내용을 보는 이들의 마음을 위협하고 있는 실정이다.

각 경로당에 65세 이상의 어르신들이 적어도 10여 명 내외가 대다수인데 문을 폐쇄하고부터는 그분들이 갈 곳이 없어졌다. 집에 있으면 방을 따뜻하게 데워야 하고 점심 식사를 해결해야 하는데 어설퍼서 적당하게 그러니까 건너뛰기도 하며 TV나 라디오에 눈과 귀를 모아 보는데 어르신들에게는 흥미 없는 것들이 대부분이라 잠시 보다가 꺼 버린다.

3월 신학기를 앞서 7만여 명의 중국 유학생들이 입국한다는데 그들의 건강에도 관심이 가중되고 있다,

여기저기 국가 시설이 잘 마련되어 중국에서 단체 입국한 사람들이 나누어 집거하면서 치료를 위한 국가적인 지침은 선진국형으로 평가하고 싶다.

한편 정치 분야(국회)에서 숨 가쁘게 쏟아지는 내용은 미래의 국가 발전을 위한 난상 토론과 같은 미래진행형 고민으로 추론해 본다.

그런가 하면 국위(國威)를 최대로 업그레이드한 우리나라의 영화가 세계를 흔들어 놓았다. 그 제목은 〈기생충(parasite)〉인데 그 단어를 들어 보면 징그러운 기억을 되새겨 본다.

6·25 전쟁 당시 유엔군의 손길로 DDT라는 하얀 가루를 온몸에 분칠을 하기도 했고, 화장실에 가면 꿈틀거리는 부산물이 마구 보여서 노소를 불문하고 약국에서 기생충 박멸제를 꼭 먹은 기억도 생생한데, 그 이름이 세계영화계를 흔들어 놓았다는 뉴스는 한 편 자부심도 가져 보지만 제목이 마음에서 멀어진다.

날씨가 좀 풀린 것 같으니 어르신들이 길거리로 나온 분은 예상외의 변화다. 복지관도 역시 폐쇄되었으니 어르신들은 골방 같은 곳에서 서글퍼지는 노화에 주름살이 늘어간다.

그렇다고 국가나 지방 자치 단체에서도 역시 별다른 해결책이 안 보여진다.

어찌하오리까?

공동 이용 시설이 폐쇄되었다면 어르신들에게는 외로움을 가중하는 꼴인데 이것은 인간의 힘보다도 하나님의 가호가 급하게 요구된다.

각종 신앙(信仰)의 지도자들이 진정한 인간 구호의 이름으로 기도(祈禱)해 주시고 국민으로 하여금 안정을 되찾게 하여 각자 일터에서 열심히 일하는 모습을 볼 수 있도록 솔선수범하여 기도를 해 주시면 감사한 일이지요.

대책이 없을 때 하늘만 바라보고 탄식하는 것이거늘, 우리 국민의 삶에 강한 의지와 인내력은 기필코 만사에 가능성이 풍부하기에 우리 나라는 곧 해제가 이루어질 것으로 생각한다.

우리 국민의 간절한 소망에 신의 가호가 있기를 진심으로 빌어 마지 않는다.

소한(小寒)이 지난 지 5일인 10일 아침 9시다.

오늘 아침의 기온은 생각보다 춥지 않아서 움직이는데 크게 부담이 덜된다.

2주 전에 발표한 행사 일정이다. 아침 9시 30분에 사무실 주차장에 모여서 승용차 1대에 4명이 승차하고 5대가 출발한다고 해서 나는 언제나 그러하듯 30분 전에 도착하였다.

나는 5번 차에 배정이 되고 신*준이란 처음 보는 젊은이가 운전하는 차가 내가 타고 갈 승용차다.

목적지가 경기도 가평읍 금대리 554에 있는 the bay Resort다. 각 차량이 각자가 그곳에서 만나는 것으로 출발을 서둘렀다. 그러니까 참가자는 20명으로 정해진 셈인데 내가 탄 승용차는 외제 고급차라서 승차감이 좋으며 실내장식 역시 고급스럽다.

외제차 중에서 상위급에 속하는 차종으로 나로서는 타기가 쉽지 않은 경우다.

운전대 앞에는 최고급의 내비게이션이 작동하고 있어서 자동차가 가는 길을 꼭꼭 기록이나 하듯 선명하고, 잔잔한 음악이 흐르며 화창한 차창 밖의 모습이 더욱 선명하게 지나간다.

서로가 간단하게 인사는 했으므로 외관상 보이는 모습으로 연령을 짐작할 수는 있는데, 40대 후반과 50대 초반으로 보여서 나의 꽉 찬 나이는 부끄러울 정도로 느껴진다.

　금요일이라서 자동차들은 지체 없이 잘 소통되어 달리는 시간은 넉넉한 편인데 가평읍 행정 구역인 산길을 달리는데 왕복 2차선의 차도가 비좁은 감이 들게 한다.

　갑자기 앞에 가던 차들이 서 있다. 알아보니 승용차가 회전하여 옆차선의 벽에 부딪히고 반대편에서 오는 차와 충돌해서 왕복 차선이 순식간에 차단되었다. 통행은 갑자기 서 있게 되었는데 산골 지역이라서 사고 처리가 많은 시간을 요하는지라 차들은 회정하여 다른 쪽으로 방향을 찾아가고 있다.

　내가 탄 차량 역시 한없이 기다릴 수는 없었다. 여기저기 사방으로 전화하고 회전해서 샛길을 찾아가기로 했다. 아주 좁을 산길을 내려오니 마치 등산하다가 길을 잃고 숲속에서 길 찾아 헤매던 생각이 든다. 다시 큰길을 만나게 되어 다행으로 시간을 단축하게 되었다.

　그래도 운전하는 솜씨가 탁월해서 어려운 계기를 잘 넘기는 지혜로 목적지에 도착하니 모두가 긴 한숨을 몰아쉬고는 강가에 가서 맑은 공기로 몸과 마음을 위로한다.

　리조트 주변을 보니 모두가 수상 스키와 보트로 여가 활동을 하는 최고급 레저 타운임을 현장에서 확인하게 되니 마치 외국의 여가 시설에 온 것 같은 느낌을 순간 가져 본다.

the bay의 소강당에 모인 VIP 중요 위원들의 정책 토론은 현실적으로 필요한 사업을 중심으로 심도 있게 진행이 되었다. 개인의 영달을 위한 내용이 아니고 지역 발전을 위한 목적으로 토론이 진행되기에 지자체의 사업과도 직결된 것으로 보아도 당연한 것들이다.

이렇게 시작하여 이곳의 일정은 휴양보다는 정책 토론으로 국가적 중대사안들이다.

다 마치고 갈 때는 획기적인 결론을 얻게 될 것이다.

내 안에 섬으로

해거름 어둑어둑
꽃향기 여미는 가슴

머물다 가고 싶은
따뜻한 품속

희망(希望)과 절망(切望)
그리고 그리운 평화(平和)

정결(貞潔)하고
그윽한 백합 향을 닮은 그대

절대의 사랑과 영혼이 천둥 치듯

긴긴 생명으로 남은 씨앗

칠흑 같은 어둠이
성큼성큼 내려오는 순간

그대 내 손 잡아 줄 때
놓쳐 버린 찰나

어리석은 내 영혼(靈魂)으로
그대 내 안에 외로운 섬이 되었네.

(나이 들어 뒤늦은 후회를 한들 뉘가 알아주랴 평생을 그리워하며
산 넘어 마을에 행복이란 안식처가 있는 줄로 알고, 기다리고 그리워하
며 오늘도 꿈처럼 환상을 그린다.)

늙으면 다 그래요

씨아 만도 못한 당신 능력
아마도 녹슨 탓일까

산에 가면 수풀 만나고
강에 가면 흐르는 물 만나는데

꽃은 시들어 나비 오지 않고
장송(長松)은 고목(枯木) 되었다

젊었을 때는 옥처럼 고왔는데
세상일 겨우 알 만하니 백발 되었다

비바람에도 넘어지는데
늙으면 다 그래요.

* 씨아: 씨아(cotton gin, わたくりき, ジン), 농업용어사전-목화의 씨를 빼는 기구,
씨아[교거(攪車), 연거(碾車)] 돌릴 때 나는 소리. 까마귀 울음과 노 젓는 소리 같아
하는 말임. 인생이란 늙으면 불가항력일 뿐, 더 이상 다른 방법도 없는 것입니다.

번뇌(煩惱)

혈구지도야(絜矩之道也)
덕불고 필유린(德不孤必有隣)이니-

적막한 공간 근육통과 얼마를 씨름해야
이 밤이 무너질까
내 마음을 움직이게 하는 5욕이
7정으로 변화시키는 순간
우후죽순처럼 만장한 신앙의 꽃밭을 배회한다
손수래 바퀴살 작은 공간의
푸른 산세를 먹으며
짧게 왔다가 쉽게 흩어져 가버린 짧은 만족을
뒤늦게 안간힘을 다하는 서리 맞은 허연 머리

푸른 포도알 눈꼬리에 매달린 비애(悲哀)
남몰래 흐르는 눈물 바람에 말리며
한 영혼(靈魂) 피보나치수열로
그믐달과 한 몸이 되어 길을 나선다.

(내 생각대로 남을 평하지 말고 주변을 돌아보아 고난을 받는 자에

게 다가가서 위로와 격려로 마음을 다스리게 하고 무엇이 필요한가 해서 물질적으로 정신적으로 작은 마음이라도 진심으로 도와주어 고난을 이겨 내면 행복이란 것을 알게 될지니 그런 일을 피보나치수열처럼 이어 보라–

그 효과가 나타난다고 하는데 육체적인 운동 요법은 그보다 더 많은 시간을 투자해야 한다. 허벅지에 통증이 오고 장단지까지 통증이 시작하더니 이틀 밤을 견디기 힘든 모습으로 누웠다가 걷기운동을 하기도 하였지만 아무런 변화를 얻지 못하고 48시간의 고통 중에 건강이 우선임을 다시 한번 알게 되었는데 피보나치수열로, 종교적으로 믿음이 약하고 방황하여 그 벌을 받는 것으로까지 원인론을 펴보기도 하였다.)

(0, 1, 1, 2, 3, 5, 8, 13, 21, 34, 55······ 전항과의 합이 다음 항이 되는 수열, 시계 방향으로 34개 반시계 방향으로 55개가 되어 있다.)

행복한 집시(gypsy)의 행렬

1970년대에는 우리나라 사회적으로나 경제적으로도 크게 발전된 모습은 아니어도 국민이 살아가는 데는 큰 고통을 모르고 살아왔다. 그 시절에는 면사무소 사환으로 취직을 하려 해도 인우보증(隣友保證)을 세워야 서류상 통과가 되었다. 그래서 가까운 이웃들이 인우보증을 부탁하는 일이 빈번했다.

옛말에 보증 서 주는 아들은 두지도 말라 했는데… 그래도 친인척이나 친교하는 벗님네가 부탁하면 거절을 못 하는 경우가 있다. 이것이 사회 인심이 아닌가라고 말하고 싶다.

내가 공무원으로 재직하고 있으니 나를 찾아오기는 어렵지 않았지만 친교하는 벗님이 자주 찾아와서 정담을 나누는 데는 아쉬움이 없었다.

그 무렵 한 친구가 찾아와서 아무 말 하지 말고 자기 사업에 보증인이 필요하다고 부탁해서 기다렸다는 듯이 무심코 보증 서류에 보증인 도장을 찍어 주었다. 그 시절은 나나 친구는 잘못될 거라고는 상상도 하지 않고 대화만 화기애애하게 부담 없이 나누고 다음을 약속이나 한 듯 헤어지곤 하는 것이 통상적인 친구 사이다.

우정이란 서로가 도움이 될 때 진가를 갖게 된다고 생각한다. 선배님들이 말하는 붕우유신(朋友有信)이 그런 것이 아닌가?

1997년 11월 21일 우리나라 정부의 IMF 부도의 발표로 우리나라의 경제는 극도의 위기에 처하게 되었다.

우리나라 IMF 사태는 대기업의 방만한 경영과 정경유착 등의 불합리한 경제 관행, 고성장 시대가 남긴 각종 경제 비효율 등이 쌓여서 산업 경쟁력이 약화된 것이 원인이었고, 한편으로는 정부 차원에서의 외환보유 관리에 실패한 것 등이 겹쳐서 일어났다는 것이다.

1998년 2월 24일 제14대 김영삼 대통령이 퇴임하고 그다음 날 25일 제15대 김대중 대통령이 새 대통령으로 취임하였다.

우리나라 경제는 위기로 치닫고 있는데, 이때 나에게 날벼락 같은 통지서가 날라왔다.

채무보증금 상환이란 것인데 상환액이 자그마치 120억 원이다. 그 내용을 확인해 보니 1970년대에 친구 사업에 보증을 해 준 내용인 것이다.

원양 사업을 하는 지인의 배가 바다 밑으로 침몰하여 일시에 부도 처리되고 그대로 파산되며 가정은 풍비박산으로 최악의 결과를 발생시키고 결국에는 보증인에게 그 채무금 상환을 요구한 것이다.

나의 직장에서는 월급에 차압이 붙었다고 수군대는 직원들의 분위기는 냉소적이었다. 말로 표현 못 할 창피한 꼴이다. 물론 집에도 압류 딱지가 뻘겋게 붙어 있다. 날아든 압류 통지서는 일시에 나의 오감을 멈추게 한다.

IMF 발생 이후 첫 케이스로 주변에 이런 일이 없었으니 나로선 대치 방법도 모르고, 채권단의 지나친 폭행을 전 가족이 감수해야 할 피치 못할 역경에 처하게 된 것이다. 내가 써 보지도 못한 경제적 손실은 나의 영육을 송두리째 잃은 꼴이 되어 버렸다. 결과적으로 나의 소유로 된 경제적 물건은 모두가 압류되었고, 살던 아파트도 그대로 압류되어 겨우 지하 방 한 칸으로 몸만 이사를 할 수밖에 다른 방법이 없었다.

직장은 바로 사표를 제출하여 정리하고 더 이상 곤욕스런 모습을 보이기가 싫었다. 빈털터리가 된 처지에 신속하고 깔끔하게 처리하였다.

자… 이렇게 되면 무엇을 어떻게, 무엇부터 해야 할 것인지도 막연하였다.

하늘을 보고 한숨만 쉴 뿐이다. 어느 누구와도 상의할 내용이 아니어서 일시에 날벼락을 맞은 셈이다. 그런데 지하방 한 칸으로 이사 후 설상가상으로 그해 여름에 장맛비가 억수로 와서 하수도의 물이 역류하여 지하방에 물이 천장까지 채워지니 또다시 완전한 거지꼴이 되었다. 남은 것은 입은 옷가지뿐이다.

내 인생 항로가 이렇게 쉽게 변할 수가 있단 말인가?

불과 6개월여 만에 삶의 형상이 급변한 것이다. 뒤돌아볼 시간조차 없는 상황이라 무엇을 어떻게 해야 할지 여념이 없다. 내가 가진 것은 내가 입은 옷 한 가지뿐이다. 나를 증명해 줄 신분증도 자격증도 모든 것이 물에 잠겨 흙탕 쓰레기로 변하여 쓸 수가 없게 되었다. 소유로 따지면 출생 당시의 모습이다. 아무것도 가진 것이 없는 난민 신세가 된 것도 시간문제로다.

급변의 현실에서 더 이상 해결의 방법도 생각할 여지가 없는 꼴이다.

구청에서 마련해 준 임시 거소가 인근 학교 강당이다. 그곳에서 주는 밥을 먹고 구호품으로 준 침구를 사용하며 15일 동안을 보내니 재해 난민이 따로 있는 것이 아니고 바로 내가 그 대상이 된 셈이다.

무소유의 재해 난민.

천장까지 찬 물이 빠지고 난 후에 보니 방에는 오만 잡동사니가 가득하고 하수도의 썩은 냄새로 코를 찌르고 가재도구는 한 가지도 쓸 수가 없으며 골목에도 쓰레기가 가득 산더미를 이루고 있다. 실의를 더해 아무런 의욕과 기대 역시 상상을 초월하여 정신을 잃을 꼴이다.

살아온 인생을 돌이켜 보아 천벌을 받을 내 운명인가 하고 깊이 생각해 보아도 결국은 다시 힘을 내어 살아 보라는 것뿐이다. 이것은 나의 운명이다. 하늘이 무너져도 살길은 있다 하지 않던가?

비겁하게 포기하지 말고 마음을 다지고 대지를 다시 보자고 마음먹으며 장발장의 정신과 소인의 신념으로 나 자신과 약속을 하였다.

그해 겨울 대전을 갈 일이 있어서 갔는데, 터미널 근처에서 1톤 트럭에 마른오징어를 가득 싣고 팔고 있는 10여 년 전 제자를 만났다. 우연이지만 서로 반가워 대화 중에 나의 처지를 말했더니 같이 오징어 장사를 하려면 트럭을 준비해서 오라했다. 더 이상 생각할 것 없이 그렇게 하자 하고 서울에 와서 트럭을 준비하여 자존심 같은 것은 뿌리째 버리고 동참키로 하였다.

속리산 마을 숙소를 찾아가니 나와 같이 5명이 동행하게 되어 마음이 든든하였다. 마산 건어물 시장에서 마른오징어를 트럭 가득 싣고 제자가 하라는 대로, 제자를 스승으로 모신 초보 인생 발을 디딘 셈이다. 제자가 지정해 준 곳에서 첫 장사를 시작해 보았다. 그러니까 스피커를 통해서 오징어 멘트를 방송하는 것으로 구미공단 주변 아파트 앞에서 첫 멘트로 시작했다. 평소에 잘 먹어 본 일이 없는 마른 오징어를 파는 것인지라 사전 교육을 받아 그런 메뉴로 하였다. 구미공단 주변 아파트라서인지 30여 분 만에 60만 원을 팔았다. 가격을 잘 계산한 건지 걱정이 되었지만 그래도 첫 장사치고는 많이 판 셈이다. 정리하고 같이 숙소로 돌아오면서 생각을 해 보니 이렇게도 좋은 길이 있구나 싶었다. 제자의 삶에 동행자가 된 셈이고 나의 처지에는 구원자인 셈이다.

저녁 식사를 마치고 같이 모여 하루의 장사 소감을 나누는데 역시 먼저 시작한 장사꾼의 경험담이 크게 도움이 되었다. 5명이 하루의 출발도, 장사 마친 후 귀가도 같이 하니, 하나의 군단이 이루어진 셈이다. 물론 제자가 선두 리더로 하루의 일정을 상의하고 결론을 내려 지시 인도하고 있다.

1년 전만 해도 중앙청 사무실에서 수학 교육 지도의 연구를 했었다. 이렇게 쉽게 직업을 바꾸고 힘든 노동 같은 일하는 것을 생각하면, 고등학생 시절 고학하던 생각이 아련하게 꼬리를 문다. 공직에 있을 때는 생각해 본 적이 없는 직업을 당면 실행하고 있으니 '사람 팔자는 뒤웅박 신세로다.'라는 말이 실감이 난다.

우리 5명의 군단은 제자의 계획에 따라 청주, 상주, 문경, 괴산, 대전, 영동, 예천 그리고 구미까지를 이동하면서 단일 품목인 마른오징어를 팔고 있었다. 일정이 마땅치 않을 때는 장날을 찾아가기도 한다.

5대의 차량은 탑차도 있고 화물칸에 포장을 만들어 탑차 모양으로 해서 이동할 때 멀리서 보면 군용트럭의 이동 행렬 같은 느낌을 준다.

장날을 찾아갈 때는 장날이 정해져서 27장 38장 49장으로 그날을 맞춰서 가기도 한다. 장으로 가면 시골장이라서 장에 나온 시골 영감님들과 가끔은 인생 넋두리를 나눈다.

장을 계속 가면 지난 장날 본 영감님도 다시 볼 수 있어서 친숙해진다. 지역에 따라서 언어가 약간씩 다른 사투리를 쓰게 되니 지역감정과 인성까지도 새로 느껴지기도 한다.

우리는 장사를 하면서 수시로 전화를 하여 서로의 장사 분위기를 나누어 정담을 가지게 된다. 건어물 상회에서 한번 채워 실으면 1주일은 팔 수 있으므로 작은 이익금은 각자가 나름대로 저축을 한다. 때론 저녁에 간단한 술자리도 있지만 나는 술과는 친숙지 못해 즐기는 편은 아니다. 틈틈이 일기처럼 생각날 때 적어 놓고 보기도 한다. 항상 현실에 충실하고 최선을 다하면 남에게 불편과 피해를 주지는 않으니, 나이나 체면을 따지지 말고 열심히 하는 성격이라 모두가 싫어하는 존재는 아니다.

모든 것이 열악한 상태지만 최대한의 노력만이 그들과의 공동생활의 의미를 갖게 되는 것이다. 무소유의 기분은, 작으나마 매일 매출의 수익금이 하루의 피로를 덜어 준다. 우체국 통장에 누적되는 금액은 내게 위안을 주며 돈의 가치를 재음미하게 한다. 매월 월급을 받아서 생활할 때는 경제적인 재테크는 무관심이었는데 매일 장터에 나가서 장사를 하여 돈을 벌어야 한다는 압박감은 나의 생활에 책임감과 인과응보를 재음미하게 된다.

우리 군단은 1주일마다 마산의 건어물 상회를 가서 변하는 물건값의 계산을 그때마다 다시 해야 하는 소상인의 상행위도 하나의 전략이 필요하게 된다. 현장에서 소비자와 직거래를 하니 상점의 임대료와 이에 따른 부대비용은 없지만, 매일 이동하기 위해서 소비되는 자동차 운영비는 별도로 계산을 해야 한다.

소비자와 직접 대화를 통해 판매를 해야 하기에 오징어의 기본지식은 알고 있어야 한다. 그러하기에 자료를 조사하여 방송용 멘트도 고쳐야 하고 내용을 익혀야 전문적인 상인이 된다는 일념 하에 각자가 보이지 않는 노력을 많이 해야 한다. 그래서 우선 자료를 정리하여 각자가 알고 있도록 준비를 하였다.

오징어에는 고도의 불포화 지방산이 다량으로 함유되어 있습니다. 불포화 지방산은 콜레스테롤 혈관 축적을 막아주고 동맥경화증, 고혈압, 혈전증 등 혈관계 성인병 예방은 물론 뇌기능과 스태미나를 증진시켜 줍니다. 아미노산의 일종인 타우린 성분은 간장의 해독 기능을 강화시켜 피로회복에 뛰어난 효과가 있습니다.

인슐린 분비를 촉진시켜 당뇨에 도움을 주고, 위점막을 보호해 주고 재생을 도와 위궤양에 도움을 줍니다.
그리고 반건조오징어(피데기)는 자체 수분이 있어서 한꺼번에 넣어두면 서로 달라붙기 때문에, 한 마리씩 밀폐시켜서 개별 포장 후 냉동 보관하면 항상 똑같이 먹을 수 있습니다.
반건조오징어(피데기) 굽는 방법은, 자체적으로 수분이 많기에 그냥 불에 구우면 겉은 타고 속은 수분이 많아서 먹기 힘들어요. 피데기를 겉과 안이 모두 알맞게 구워지게 하려면 불에 직접 닿지 않게 굽는 것이 좋아요.

가정에서 맛있게 반건조오징어(피데기)를 먹는 방법으로는, 전자레인지에 넣어 살짝 굽거나 달군 프라이팬에 구워 줍니다.

광파오븐이 있다면 반건조오징어(피데기)를 여기에 구워도 좋습니다.

오징어류는 모두 바다 연안에서 심해까지 살고 있다. 천해에 사는 종류는 근육질로 피부의 색소 세포가 잘 발달해 있어 몸 빛깔을 변화시키는 능력이 있으나, 심해에 사는 종류는 몸이 유연하고 발광하는 것이 적지 않다. 발광에는 반디오징어와 같이 발광기관을 가진 것과 좀귀오징어와 같이 발광세균을 가지고 있어서 발광하는 것의 두 가지가 있다.

또 귀오징어(갑오징어)는 저서성, 살오징어(화살오징어)는 유영성이다. 오징어류는 식용하며 갑오징어, 무늬오징어, 반디오징어, 쇠오징어, 화살오징어, 창오징어, 흰오징어 등은 특히 수산업에서 중요한 종류이다. 날것으로도 먹지만 마른오징어 등으로 가공하기도 한다.

가장 작은 오징어는 꼬마오징어로 몸길이 겨우 2.5㎝이고, 가장 큰 오징어는 대왕오징어의 일종인 대양대왕오징어(Architheutis harveyi)로 대서양에 살며 촉완을 포함하여 15.2m에 이르는 것이 있다. 오징어류는 육식성으로 작은 물고기, 새우, 게 등을 먹으며, 한편 대형 어류,

바다거북류, 해수류 등의 먹이가 된다.

울릉도 오징어는 밤새 잡아 빠른 시간 내에 태양열로 자연 건조시킨 것이므로 신선하고 맛이 좋다.

울릉도 근해는 한류인 북한 해류와 난류인 동한 해류가 합류하는 어장으로 회유성 어족이 풍부하며, 특히 오징어와 방어 어장으로 유명하다.

오징어의 성어기는 6월 하순부터 9월까지이며, 특히 최성기에는 섬 전체가 오징어로 뒤덮일 정도인데, 지천으로 잡히는 오징어를 마당·지붕에까지 널어 말리기도 한다.

오징어는 특히 불을 좋아하는 추광성(追光性) 어족이므로 오징어 배의 집어등(集魚燈)으로 밤에는 불야성을 이룬다.

울릉도 오징어는 본토 연안의 것보다 맛이 좋아 호평을 받으며, 국내 소비보다는 주로 동남아시아 각지에 수출된다. 울릉읍 도동리에 통조림공장이 있으나, 거의 전부가 말린 것으로 반출된다.

오징어의 기본 지식을 설명하면서 거의 1년을 판매하니 단골 고객도 있지만 사람들이 오징어의 선호도를 측정할 수 있는데 역시 오징어는 간단한 술안주와 학생들의 도시락 반찬으로 인기가 많으며 심심풀이 땅콩의 동반자로 찾기도 한다.

물건 판매는 먼저 내 물건의 홍보를 해야 하고 이것으로 우리 생활에 크게 도움이 되는 점을 힘 있게 설명해야 한다.

장날이 아닌 날은 길거리에서 즉 사람들이 많이 다니는 곳을 잘 선정해서 사람들의 눈에 잘 뜨이게 하고 출근 시간보다는 퇴근 시간을 주력하는 것도 하나의 전략이며 유흥가 주변에서는 늦은 시간에도 약간의 도움은 된다.

이런 생활에 전념하다 보니 다른 그 어떤 일도 생각할 여유가 없게 되어 생각과 생활 방식부터 재구조 변경하는 그러니까 전문 장사꾼으로 변신하게 되었다. 서민층과 많은 대화를 통하여 순박한 인간미를 느낄 수 있고, 부모들의 자식 사랑이 자기의 주 업무인 것처럼 생각하는 어르신들도 그 수는 지역에 따라 다른 분포를 보여 준다.

이렇게 마음 정하고 생활을 하다 보니 완전한 집시(gypsy)의 생활 문화로 접목이 되었다.

오징어 장사를 5명이 군단으로 하다 보니 매출이 줄어들고 매출보다 지출액이 앞서고 있다. 그래서 같이 의논을 한 바 각자가 자기 생각에 맞는 상행위를 하기로 하고 따로 움직이기 시작했다. 이런 차에 전국 행사장을 알아보니 이른 봄이라 옥천군의 묘목 축제를 알게 되었다. 봄철에 묘목을 심기 위해 판매장에 나와서 여러 묘목 중에 과실수를 많이 판매하고 있었다.

그곳을 처음으로 가서 길 입구에 오징어를 팔기 위해 펼쳐 놓았으나, 묘목을 구입한 사람들은 어서 가자는 식이라 타고 온 자동차로 뿔뿔이 흩어지니 나중에는 묘목 주인들만이 어둠을 맞이한다.

볼거리와 먹거리도 살거리도 다양하게 시간을 들여 머물 수 있는 여건이 조성된 축제장이라면 먹으며 마시고 친구들과 어울려 시간 속에서 삶의 긴소리 짧은소리를 나누는 시골 맛이 있어야 거기에 어울려 매출이 발생하기도 하는데, 단일 품종인 묘목 하나만을 거래로 이루어지는 현장에서는 그 이상의 매출이 발생할 수가 없다고 판단하고 만다. 충북 옥천군 이인면은 대한민국의 최대 묘목의 주산지이다. 전 지역의 70%가 사질 양토이며 기후 조건이 우수하여 내성이 강한 우량 묘목을 대량 생산하고 있는 곳이다. 그래서 때를 맞춰 3월 하순에 약 5일간의 묘목 축제가 열리는 곳이다. 처음으로 축제장을 찾았으나 판매는 이루지 못했어도 전국에 계절에 따른 축제가 있다는 정보를 알고 먼저 시작되는 진해 벚꽃 축제장을 생각하고 준비를 하고 떠났다.

1952년 4월 13일, 우리나라 최초로 충무공 이순신 장군의 동상을 세우고 충무공의 얼을 기리기 위하여 11년간 거행해 오던 추모제가 1963년 충무공의 호국정신을 이어가고 향토 문화 예술의 진흥을 도모하고자 새롭게 단장되어 문화 축제로 발전된 것이 군항제이다.

해군의 요람인 군항 도시 진해는 4월이면 전 시가지가 벚꽃으로 뒤

덮여 장관을 이룬다. 군항제는 화려한 벚꽃을 배경으로 4월 초에 10일 간 이충무공 호국정신회 주최로 펼쳐지는 최대의 관광 축제이다.

뜨내기로 찾아간 나는 아무것도 모르고 이미 와 있는 장사꾼들과 친교적인 대화를 시작했다. 축제장으로 와서 장사하는 사람들은 나와 같은 품목은 역시 아니고 먹거리를 위주로 그러니까 오뎅, 닭꼬치, 우동, 라면, 막걸리, 맥주 등과 같은 먹거리를 판매하는 일종의 이동 식당 같은 형태이다.

먹거리 장사꾼들을 보면 나와 비슷한 연배이거나 약간 아래인 부부도 있는데 이들은 이런 축제장을 찾아다니면서 노하우를 쌓은 경력자들이다. 그러니까 축제장 이동 판매상의 대가(大家)를 만난 셈이다. 어디나 전문성을 가진 선배들이 있기 마련이다.

축제 진행 공무원들이 잡상인들의 무질서 상행위를 단속하는 것은 당연한 일이다. 합의가 안 되면 경찰들이 주차 위반 사항으로 벌금 딱지를 발행하고 언쟁이 벌어지면 경찰서나 파출소로 호출을 받고 시비가 엇갈린다. 경험이 부족한 나로서는 너무 벅찬 사례가 된다. 노점상이라고 부르는 것이 타당할 것으로 이렇게 부르기로 한다. 노점상들은 마구잡이로 이기기를 목표로 억지를 쓴다.

노점이나 행사장 상행위자들은 매출의 동향을 대략은 예측한다. 내가 오징어 판매를 한다니까 모두가 눈을 크게 뜨고 걱정스러운 표정으로 나에게 충고 같은 방법론을 제기한다. 그러니까 오징어 판을 접고 부르스타와 주전자 그리고 쟁반을 준비하고 먼저 맑은 물을 끓인다. 그리고 종이컵에 커피를 채우고 펄펄 끓는 주전자 물을 적당하게 부으면 잠시 있는 동안 커피 맛이 혼미할 정도이니 누구나 쉽게 마실 수 있는 것이다. 그래서 장사 선배들의 이야기에 고마움을 가지고 커피 판매를 시작했다. 벚꽃은 피었어도 날씨는 약간 싸늘한 감이 있어서 따끈한 커피 한잔은 누구나 쉽게 마시려 한다.

구경 온 사람들은 대부분 혼자 온 게 아니고 삼삼오오 무리 지어 오기에 모두가 커피를 좋아하는 편이라 자기들이 컵에 일회용 커피를 뜯어 물을 붓고 서로 권하며 마신다. 커피는 한 잔에 천 원이고 커피가 아니면 녹차나 쌍화차는 2천 원, 3천 원을 받고 있다. 행사장에 온 사람들은 값에는 이의가 없다. 오징어 판은 이미 접었으니 편하게 커피 장사로 벚꽃축제를 마칠 생각으로 하루를 보냈다. 내 옆에서는 오뎅, 국수, 닭꼬치, 막걸리, 맥주 등 다양하게 판매를 하여 편하게 의자에서 장시간 손님을 받고 있으니 매출이 오를 수밖에… 내가 하루 종일 커피를 팔고 보니 30여만 원이다. 원가에 비하면 큰 이익이지만 그 정도의 매출로는 도움이 못 돼 고민이었다. 그렇지만 현재로선 다른 방법이 없다.

커피 자판기의 시초는 1977년 롯데산업이 일본 샤프사로부터 커피 자판기 완제품을 400대 수입했고, 우리나라 최초의 커피 자판기는 서울역에 설치되었다.

1990년대 중반에는 대기업들이 진출할 정도로 황금알을 낳는 사업이었으나 2010년대 후반 이후로 전국 널리 보급된 프랜차이즈, 개인 카페 및 커피 전문점, 네스프레소 같은 가정용 커피 추출기의 등장으로 점점 사라져 가고 있다.

식당 등에 있는 미니자판기를 제외하면 2012년 기준 100원짜리 커피가 가장 싸며, 그 외 500원과 600원도 보이며 강남에는 1,000원짜리도 있다.

진해 벚꽃 축제가 끝날 무렵 고민을 하다가 돈을 벌기 위해서는 먹거리를 해야 하니까 과감하게 오징어 판을 내리고 먹거리로 바꿔서 해 보기로 결심을 하고 대구 칠성시장 전문점에 연락을 해서 먹거리용 자제 일체를 주문하였다. 그러니까 경험도 없는 처지에 업종 변경을 한 셈이다.

전문가가 따로 있나? 고등학생 시절 고학하면서 의식주를 해결하던 경험을 살려 먹거리 장사들이 하는 내용을 눈여겨보면서 모르면 상의도 하고 지도를 받으면 될 것으로 업종 변경이 된 것이다.

5월 5일 나주 어린이 공원에서 15년 경력을 가진 선배와 같이 나는 첫 장사를 하기로 하고 어린이날 행사에 준비한 먹거리 판을 시작했다. 맑고 청명한 날이라 포장 같은 그늘막이 필요 없고 조리대 하나만 펼쳐 놓고 우선 오뎅과 떡볶이를 준비하였다. 오뎅은 큰 냄비 같은 곳에 물을 끓이고 대파, 고추장, 물엿, 소스, 가루 등을 적당량을 넣고 부산 어묵을 긴 꼬챙이에 접어 꿰어 넣고 끓인다.

떡볶이는 넓은 프라이팬에 식용유, 고추장, 물엿, 양배추, 소스 등을 묽게 끓이면서 떡볶이 떡을 넣고 끓이면 떡이 익으면서 맛이 난다. 양념과 소스 만드는 법을 선배에게 일러 줄 것을 요구했는데 절대로 안 알려 주고 내게 직접 하라는 식으로 피하여 수차례 연습을 해서 먹기 좋은 맛을 나름대로 만들어 찾아온 어린이들에게 팔았다.

어린이들은 나에게도 오고 선배에게도 가서 사 먹는데 양쪽을 가는 경우는 못 봤다. 그러니까 내가 준비한 맛과 선배가 판 맛의 비교는 없는 것으로 보인다. 어린이들은 공원에서 처음 먹어 보는 별미인지라 시중에서 파는 것과도 비교를 못한다. 뛰어놀다가 하나씩 먹는 것이라 우선은 입맛에 맞으면 그것이 좋은 간식거리가 된다.

행사를 마치고 숙소에 와서 판매 결과를 비교해 보았다. 예상 밖으로 큰 차이가 없었다. 아마도 맛의 차이보다도 현장 분위기와 어린이들의 보이는 시선에 따라 가고 싶은 식판대이므로 이왕이면 보기 좋은 떡이 맛이 있는 것처럼 비록 노점상이지만 외모도 단정하게 의복도 깔끔하게 하면 선호도 선택의 기준이 될 것으로 자평해 본다.

다음 행사장으로 이동할 때는 급하지 않을 경우에는 국도 외 지방도를 이용한다. 가다가 보면 작은 행정 기관이 있는 곳에는 그 지역 행사를 알리는 현수막이 꼭 걸려 있다. 그 내용을 기록해 두었다가 전체 일정과 비교해서 그 행사에 가서 장사하는 경우도 있다. 그런 때는 혼자 그 행사를 보게 되어 대박을 볼 수도 있다. 집시 행상은 지역 행사의 정보가 절대로 중요하다. 틈틈이 시간을 내어 각 지역 군청에 전화하여 행사를 알아보는데 공무원들은 장사꾼들에게 행사 내용을 잘 안 알려 준다. 행사장에는 장사꾼이 많아야 행사에 빛이 나는데 너무 많은 장사꾼이 모이면 질서 차원에서 골칫덩이로 생각을 한다.

그러니까 장사꾼이라 하지 아니하고 사진작가협회라고 거짓말로 문의하면 자세히 안내하듯 알려 준다. 그래서 담당 공무원들에게 부담되는 일은 피하며 장사를 해야 하므로 편의상 거짓말도 하게 된다.

예천군 군민 축제 날 몰려간 장사꾼들이 공설 운동장 주변에 천막을 치기 위하여 장소를 선점하려고 경쟁이라도 하려는 듯 달려가면 단속 공무원들이 현장에서 제지를 하고 장사를 철수시킨다. 먹거리는 새벽부터 자리를 잡고 불을 피우고 음식을 준비하여 행사에 참여차 온 군민들에게 따뜻한 오뎅 국물이라도 먹을 수 있게 해야 장사가 시작되는데, 지역에 따라 단속이 심한 경우가 있다.

나는 단속 공무원에게 팀장 면회를 요구하고 팀장에게 엉뚱한 질문을 한다. "예천군 재정 자립도가 몇인가요?"라고 물으면 바로 대답을 못하고 "약 50% 되는 것 같습니다."라고 대답한다. "그럼 나머지 50%는 어떻게 채우나요? 아마 정부에서 채워 줄 겁니다."라고 말하면 "그래요?"라며 나를 바라본다. 그때 나는 당당하게 "나머지 50% 중에는 내가 내는 세금이 들어 있는데 내가 장사를 해야 그 세금을 내게 됩니다. 가능한 한 장사를 하도록 배려해 주세요."라고 말하자, "그러면 1시간 후에 그냥 여기에서 하세요."라고 편하게 답변을 한다. 그러니 더 이상 옥신각신할 이유가 없다. 결과적으로 '합당한 일인가?'라고 말한다면 답이 없지요.

군민 축제는 매년 하기에 계속 가서 장사를 하다 보면 지난번에 왔던 지역 주민을 만나게 되는데 서로가 반가워서 친구처럼 인사를 하고 그것도 인연이라고 다정한 사이로 그날 매상에 크게 도움이 된다.

군민축제장에서는 군민들이 오랜만에 만나 그간의 회포를 풀면서 대화가 활기차다. 오뎅 한 사발에 막걸리 한 병으로 한나절이 간다. 그 당시 오뎅 한 사발에 막걸리 한 병에 일만 원이면 적당한 가격이지만 시골 영감님의 주머니는 그것이 전 재산이기도 하다. 그런 경우에는 오뎅 한 바가지를 서비스로 드리면 더욱 화기애애하여 다음 해의 축제 날에는 또 만날 수 있기도 하다.

그분들에게는 오뎅 한 그릇이 더없는 그날의 만족한 기분이므로 값을 떠나서 이심전심으로 내가 그분들의 입장을 생각해 보면 답은 간단하다.

겨울에는 태백산 눈 축제장에서 먹거리 장사를 하려고 눈 덮인 강원도로 간다.

1994년 제1회 대회를 개최한 이후로 매년 1월 말에 약 9일에 걸쳐서 다채로운 눈 축제가 태백산도립공원과 태백시 일원에서 개막식을 계기로 다양한 내용으로 상설 이벤트인 국제 눈 조각을 전시회와 눈사람 페스티벌, 눈터널, 눈으로 만든 그리스 신전, 설원에서 만나는 사계(四季) 외에 태백산 등산대회, 오궁썰매타기, 설상 미니축구대회, 개썰매타기, 전통민속공연, 겨울 놀이마당 등 다양한 행사가 열린다. 매일 눈이 오는 것은 아니지만 눈이 올 때는 사정없이 무릎까지 차오르게 내린다. 천막에 쌓이는 눈을 털어가며 오뎅과 우동을 파는데 금세 식어서 뜨거운 국물맛을 잊게 된다. 우동 역시 고드름처럼 얼어서 먹기가 어려운데 등산객들은 태백에 와서 얼음 우동을 먹어야 '눈 축제' 온 기분이라 한다.

내리는 눈을 맞으며 우동을 먹는 재미가 깊은 추억이라며 즐겁게 즐기는 등산객들의 모습은 힘이 펄펄 나는 기분이다. 태백은 여름에 모기가 없다고 한다. 계곡의 기온은 여름에도 초겨울 맛이 나기 때문에 모기가 살 수가 없다고 한다.

요리대의 냄비에서는 오뎅과 떡볶이가 눈 날리는 속에서 하얀 김을 하늘로 보내고 있다. 밤에는 시내 여인숙에서 자야만 한다. 태백에서의 매출은 매일 같은 수준으로 약 50만 원으로 예측하고 약 30만 원은 우체국 통장에 입금하고 비교적 따스한 방에서 하루의 피로를 풀게 한다.

돈의 액수만을 알려주는 금액표시는 얼음 골이라서 그 추위는 대단하다. 이렇게 추워도 장사꾼들은 열심히 아무런 불만 같은 일이 있어도 하나의 직업으로 생각을 해서 타인이 의심할 정도로 해야 한다.

홍시 마음

당신을 만나는 순간
꽃멀미로 가루비를 맞은 기분이요

허지만
초록이 사랑하는 나의 마음은 안 셈이로다

그리고
깊어지는 사랑은 나의 맛뜻이며

오늘도
당신의 아름다움은 언제나 빛 너울 같은
한본세라오

행여
내일은 못 오시려나
노심초사(勞心焦思)
내 마음은 애지 끝에 마지막 홍시로다.

가는 세월

서산 능선 위에 붉은 노을이
오색 단풍인 양
뽐내며 식을 줄 모르고

가을걷이를 끝낸 들녘
뻔질나게 오가는
철새들 울부짖는 소리

참새 쫓다 넘어진
누더기 옷 늙은 허수아비
텅 빈 논둑 지키는 외로운 주인일세

산 능선 나뭇가지 사이로
붉은 노을빛에 젖는 마음
소리 없이 달아나는 세월에 아쉬움이 가득타.

김빠진 노인정

언덕바지에 너즈넉하게 자리한

한옥 한 채

할머니들 소리 뒤엉킨

노인정 방 안에 희미한 빛이 남아 있고

놀이공원 의자들 어둠에 덮여

슬픔의 안개비 가득하다

시간을 가져간 얼굴들은 투명하고

계단 아래 별들이 보이더니 사라졌다

코로나19의 모진 바람이

눈 덮인 여름을 만들고

노인들의 이야기책은 아직도 덮여 있다.

(40여 년의 나이를 가진 영동경로당이 오르막길 언덕에 두 다리 벌리고 편안한 자세로 주저앉은 아낙의 모습이 웃으며 이야기꽃을 피우던 그 시절은 옛이야기가 되어 가고 다정한 노친네는 다시는 아니 오고 볼 수도 없이 소식도 없네. 놀이공원 의자에서 잠시 쉬는 그 모습도 찬바람과 같이 사라지고 4개월 이상 폐쇄당하여 빈집 꼴이 되고 나니 희미한 그림자도 찾을 길이 없구나.)

혼자 남아서 가문(家門)을 지켜 준 당신
김관님의 접시꽃입니다
풍요(豊饒)와 다산(多産)이란 꽃말을 지녔지만
결국은 애절한 사랑으로 눈물 적시었소

창 앞에는 모란과 옥매화를
장독대에는 당나리와 들국화
울 밑에는 봉숭아와 맨드라미
대문 밖에는 오로지 접시꽃이

샛노란 금매화
연보라색 용담꽃
하얀색 금강초롱
진홍빛 개불란

딸랑딸랑 고운 소리 은방울꽃
송이송이 곱게 웃는 보랏빛 제비꽃
높은 산과 넓은 들판에 백일기도로 핀 백일홍
외딴 암자에서 스님을 기다리는 동자꽃

사랑의 정표로 선녀가 주고 간 옥잠화
부서져 버린 뼈를 붙여주는 뼈살이꽃
삭아 없어진 살을 붙여 주는 살살이꽃
끊어졌던 숨을 이어주는 숨살이꽃

마늘씨 속살 같은 하얀 손등이
두꺼비 등가죽 같은 손등 되어
지는 해 뜨는 달을 보고 지고
수많은 별 중에
멀리서 유난히 반짝이는
별이 보이는데
정녕 그 별은 접시꽃 당신이구려.

눈 오는 날도 비가 오는 날도 아침상 물리치고 주섬주섬 챙겨 입고 바랑 같은 배낭을 메고 마치 종교 홍보 겸 전도사처럼 간결한 복장과 웃음 간직하고 나서는 길이 즐겁기만 하다.

오전 8시 20분이면 장애인과 노인을 위한 무임 버스가 어김없이 도착한다.

나는 20분 전에 승차장에 도착하여 아침 맑은 공기를 마실 겸 또는 간단한 다리 운동을 할 겸 도착하여 주변을 서성이며, 출근길 바쁜 사람들 특히 젊은 청년들을 보게 되는데 무조건 칭찬해 주고 싶다. 버스 정류장은 도로변에 비 가림 아래 긴 의자 하나뿐인데 춥거나 눈비가 올 때는 두어 사람이 피하는 것으로 안성맞춤이다.

젊은이들이 보무도 당당한 모습으로 출근 차량을 기다리는 모습에 고목인 나의 마음에 힘을 전하듯 나도 모르게 힘이 나는 기분이 좋다.

나는 고등학교 학생 시절 국어책에서 민태원이 지은 《청춘 예찬》이란 수필을 배운 기억이 난다.

청춘! 이는 듣기만 하여도 가슴이 설레는 말이다…. 청춘! 아, 너의 두 손을 가슴에 대고 심장의 박동을 들어보라, 청춘의 피는 끓는다. 끓는 피에 심장은 거선의 기관같이 힘찹다.

이것이다. 인류의 역사를 꾸며 내려온 동력은 꼭 이것이다. 이성은 투명하되 얼음과 같으며, 지혜는 날카로우나 갑 속에 든 칼이다…….

중략

　석가는 무엇을 위하여 설산에서 고행을 하였으며, 예수는 무엇을 위하여 황야에서 방황하였으며, 공자는 무엇을 위하여 천하를 철환하였는가. 밥을 위하여서, 옷을 위하여서, 미인을 구하기 위하여서 그리 하였는가, 아니다. 그들은 커다란 이상 즉 만천하의 대중을 품에 안고 그들에게 밝은 길을 찾아주며, 그들을 행복스럽고 평화스러운 곳으로 인도하겠다는 커다란 이상을 품었기 때문이다……. 중략

　우리 젊은이들이 이미 아마도 이런 정도의 이상을 직간접적으로 인지하고 있는 듯하다고 예측을 하니 출근에 게으르지 않고 한시라도 먼저 가려고 오는 차를 기다리는 모습은 크게 박수를 보내고 싶다.

　하루를 시작하는 아침 출근길이 너무나 힘차 보인다. 내가 기다리는 차량이 도착하여 운전기사에게 수고하신다는 가벼운 인사를 정중히 하고 자리에 앉으니 나도 모르게 안도감이 든다.

　최근 들어 뉴스를 보면 안전지대가 따로 없다. 돌발 사고는 예상을 못 하게 발생하여 힘없이 급변을 당하는 긴급뉴스다. 내가 탄 차량은 노인과 장애인들과 휠체어 탄 사람도 있는데, 안내자의 부축을 받으며 승하차를 하고 있다. 참으로 아름다운 배려가 복지 정책에 찬가를 나오게 한다.

　차창에 비친 시가지는 역시 분주하다. 승용차들이 지나고 차를 타기

위하여 정류장으로 가는 사람들도 빠른 걸음이다. 이렇게 모두가 바쁜 모습은 다시 한번 경각심을 가져야 할 것이며 고마운 형상이다.

복지관 앞에 도착하여 하차를 하는데 안내봉사자가 있어서 차분하게 인사하며 하차를 도와준다. 얼마나 고마운 일인가! 말 한마디로 천냥 빚을 갚는다고 하듯 따뜻하고 아름다운 마음을 더욱 따뜻하게 덥혀 주는 듯하여 더욱 든든한 이웃을 생각하게 된다.

복지관에 도착하니 복도에는 10여 명쯤 되는 회원들이 의자에도 복도에도 있는데 안내를 하는 자리 같은 의자의 여성 어르신이 앞을 지나는 나에게 인사를 방끗 웃음 띄우고 손을 내민다. 그래서 나도 모르게 반사적으로 손을 내밀었더니 비닐에 쌓인 사탕 하나를 준다. 하면서 "심심할 때 입에 넣고 맛보세요." 나는 무심코 "고맙습니다."라고 지나쳤지만 바로 입에 넣지 않고 다른 의자에 앉아서 30여 분의 여유 시간을 휴식처럼 기다린다. 듣자 하니 매일같이 사탕을 준다고 한다.

난 인생을 잘 살았다고 말하고 싶지 않지만, 출근 시간이 아니어도 나에게 알사탕 하나 준 가족이나 친지도 없었다. 돌이켜 보면 나에게 준 사람이 없었다고 말하기 전에 나는 남에게, 친지에게라도 알사탕 같은 것을 준 일이 있던가? 반성 같은 생각을 해 본다. 욕심쟁이 할배가 남에게 베풀지도 못하면서 받기를 원하는 늙은이 행세를 하는 모양새로 나 자신이 부끄럽기만 하다.

힘들게 먼 거리를 온 지금 이곳에서 무엇을 배우려고 왔는가? 괜스레 반성 같은 생각이 나 자신을 위축시킨다. 한때는 덕불고(德不孤) 필유린(必有隣)이란 말을 잘도 했는데, 오늘따라 알사탕 하나 받고 인생을 반성하는 의자 위의 돌부처가 되었다.

2023. 4. 14. 아침 7시 20분.

군맹무상(群盲撫象)

열반경(涅槃經)에 나오는 글귀 하나를 소개하고자 합니다.

우리 생활에서 흔하게 들을 수 있는 사자성어이지만 기회가 되면 꼭 한 번 이야기로 말하고 싶은 내용이라서 욕심을 부려 봅니다.

우선 한자를 보면 群(무리 군), 盲(소경 맹), 撫(어루만질 무), 象(코끼리 상),으로 풀어 봅니다.

이야기인 즉,

인도의 경면왕(鏡面王)이 맹인들에게 코끼리라는 동물을 가르쳐 주기 위해 코끼리를 만져 보게 했다 한다. 그리고 얼마 후 소경들에게 코끼리가 어떻게 생겼는지 말해 보라 했다고 한다.

그러자 소경들은 각자가 만져 본 경험을 다음과 같이 대답을 하였다고 한다.

상아를 만져 본 이는 "무"와 같사옵니다.

귀를 만져 본 이는 "키"와 같사옵니다.

머리를 만져 본 이는 "돌"과 같사옵니다.

코를 만져 본 이는 "절굿공이" 같사옵니다.

다리를 만져 본 이는 "널빤지" 같사옵니다.

배를 만져 본 이는 "항아리" 같사옵니다.

코를 만져 본 이는 "새끼줄" 같사옵니다.

열반경은 어리석은 중생을 코끼리를 만져 본 장님에 비유한, 그러니까 코끼리는 석가모니를 비유한 것으로 모든 중생들에게는 자기가 살아온 방식이나 살아온 경험과 사회현상들을 자기중심적인 판단으로 자신만이 옳다고 생각하게 한다는 것입니다.

장님들이 일시에 눈을 떠서 코끼리를 보았을 때 그때의 감정은 어떠했을까 하고 생각을 해 봅니다.

만약 어떤 장님이 코끼리를 만져 본 경험으로 코끼리의 모양을 말한다면 코끼리 전체의 모습을 본 사람은 어떤 말로 대답을 하며 어떻게 이해를 시킬 것인가 하고 의문스런 생각을 해 봅니다.

코끼리를 만져 본 장님들의 대화 자체도 서로가 바른 평가라고 주장할 것입니다.

만일 한 장님이 개안 수술로 인하여 눈을 뜨고 코끼리를 보았다면 다른 장님들의 이야기는 모두가 잘못 판단한 것으로 바른 판단을 이야기할 것이지요.

이같이 우리 생활에서 나의 좁은 생각이나 편견을 주장하고 바른 판단을 부정한다면 결과적으로 나 자신의 위기로 가는 경로라고 예측합니다.

이런 속담도 있지요. "남이 장에 가니까 덩달아 씨오쟁이 메고 따라간다."라고요.

우리 국민들은 근현대사를 통하여 엄청나게 성숙했습니다. 나이든 어르신들이 보기도 놀라울 정도로 영특하고 감각도 예민하면서 자기 판단도 지나칠 정도로 예리합니다. 그러나 나이든 노인들의 판단은 항상 온고지신(溫故知新)적인 판단을 조심성 있게 하기 때문에 실수를 줄이는 편이지요.

초근목피(草根木皮)와 보리죽을 먹을 시기를 모두가 체험하듯 살아온 산중인으로 시대감각은 느려도 판단은 확실한 의견입니다. 나의 편견이나 주변의 감언이설(甘言利說)에 편중되는 언어 행동은 위험 수위를 넘나들지요.

시기적으로 혼란스러운 사회 분위기일수록 바른 판단을 해야 하고 진실을 외면하는 습성은 버리고 군맹무상이란 사자성어를 다시 한번 생각해 봅시다,

기다림

시간을 재촉하며 기다렸다
2023년 6월 21일 09시

20여 년 전에도 정상적인 진료받던 그날
대장암 말기로 발목을 잡혔던 운명

수술과 식이요법으로 치료가
덤으로 30년을 살아온 은사로
모음과 자음 모아 감사한 마음을 표현하였는데

또 다른 날 지체 장애로 MRI 덕분에
복부대동맥 팽창증상 발견으로
수술실로 직행은 신의 가호이다

바람 부는 날 늘어진 거미줄에
힘 빠진 거미 꼴로
지는 달 보면서 신의 가호를 기원하는
덤으로 생명 또 하나 그날을 기다린다.

천박한 물신주의 세태에 좀 더 가치 있는 인생을 생각하고 아름다운 자연을 바라보며, 시를 사랑하고 시를 쓰며 산다는 것은 다행한 정도가 아니라 최고의 축복이다.

물론 세상을 사는 데는 물질이 필요하다. 그러나 물질에만 매달려 소중한 인생을 보내고 마침내는 물질의 종으로 평생을 허덕이며 산다면 이 어찌 값있는 인생이라 할 수 있겠는가.

구연민 시인은 제3 시집 제목을 《몽돌이의 이야기》라고 했다. 몽돌이라면 우선 그 어휘부터가 한국적인 정감으로 다가오고 해학적인 어감마저 느끼게 하는 친숙한 말이다. 그리고 시집 제목을 몽돌이라는 주인공에 대한 은유적 상징의 이야기라고 한 것을 보면 구 시인의 이번 시집이 갖는 간절한 내면의 진심이 무엇인가를 짐작케 한다. 시는 시인의 삶과 꿈과 비전을 은유적 이미지 속에는 그의 인생과 상상력이 몽돌이라는 상징적인 캐릭터에 올과 날이 투사된 한 폭의 비단 폭이 된 것으로 예상되기 때문이다.

월산 시인은 일제 강점기와 해방과 분단과 산업화의 격동기를 헤치고 교육계에서 생활 현장에서 돌멩이처럼 강인하게 살다가 마침내 시인이 되어 팔순을 넘긴 황혼인데도 쩌렁한 목청으로 그의 인생, 사랑, 그리움, 그리고 꿈을 몽돌이의 시적 이미지로 형상화하여 독자들에게 감동을 주고 있는 몽돌이 인생 몽돌이 시학이라고 해야 하겠다.

이제는 눈물을 지우고
즐겁게 웃으며 살아보자

ⓒ 구연민, 2023

초판 1쇄 발행 2023년 11월 23일

지은이   구연민
펴낸이   이기봉
편집   좋은땅 편집팀
펴낸곳   도서출판 좋은땅
주소   서울특별시 마포구 양화로12길 26 지월드빌딩 (서교동 395-7)
전화   02)374-8616~7
팩스   02)374-8614
이메일   gworldbook@naver.com
홈페이지 www.g-world.co.kr

ISBN   979-11-388-2517-7 (03810)